사실은 이 말이 듣고 싶었어

21세기북스

사실은 이 말이 듣고 싶었어

나를 사랑하지 못하는 나를 위한
다정한 말 한마디

윤정은 에세이

21세기북스

프롤로그

일상적인 대화 속에 숨어 있는
다정함을 찾아

한동안 매일 밤 같은 꿈을 꾸었다. 꿈속에서 나는 말을 잃었다. 유기된 말을 찾아 한참을 더듬거리며 캄캄한 어둠을 헤매고 다녔다. 식은땀을 흘리며 깨어나 목소리를 내봤지만 아무 말도 나오지 않았다. 꿈속에서도, 밖에서도 나는 말을 잃어버린 것 같았다. 내게 다정히 구는 말을.

그 꿈을 꾸고 나면 하루 종일 무력감에 시달렸다. 뭘 해도 신 나지 않았고 애써 의욕을 내고 싶지도 않았다. 그저 숙제를 해치우듯 하루를 버텼다. 게임 속에선 단계 하나를 끝내면 레벨이 올라가던데 지금 살고 있는 현실은 아무리 단계를 깨도 레벨이 올라가기는커녕 하향 평준화만 반복하는 것 같았다.

"안녕하세요."

그날도 내내 꿈의 여운에 시달리다 작은 카페를 찾았다. 안에 들어서자마자 바리스타가 내게 안녕을 물었다. 활짝 웃으며 인사를 건네는 그에게 고개를 꾸벅 숙이고 빈자리에 앉았다. 따뜻한 라테를 주문하고 창밖을 내다보았다. 잠시 멍해졌다.

안녕했던가? 안녕하다는 건 어떤 상태였더라. 안녕하냐며 물어주는 말 한마디에 가라앉아 있던 마음이 넘실거렸다. 현실 생존 게임에 몰두하느라 봉인해둔 다정함이라는 감정이 몽글몽글 피어났다.

"라테 한 잔 나왔습니다. 뜨거워요. 천천히 드세요."

"아…… 네, 고맙습니다."

내가 뜨거운 커피에 입을 자주 데는 걸 알았을 리 없지만, 살뜰한 마음이 고맙고 뭉클해 눈물이 났다. 다정함에 마음이 녹아 잃어버린 말을 되찾은 걸까. 커피잔을 들고 후후 불자 고소한 커피 향기와 따뜻한 기운이 모락모락 올라왔다.

아, 사실은 내가 안녕하지 않았구나. 괜찮지 않은데 괜찮은 척하고 있었다. 너의 안녕은 무수히 물었지만 나의 안녕은 외면한 채 살아가다 숨이 턱 끝까지 차오를 때가 돼서야 '안녕하지 않음'를 자각하고 말았다.

'안녕하지 않아'와 '안녕해'라는 말을 냅킨에 번갈아 꾹
꾹 적어보았다. '안녕하지 않아'보다 '안녕해'라는 말이 더
마음에 들었다. 내게 필요한 건 그저 안부를 묻는 따뜻한
말 한마디였음을, 그제야 깨달았다.

대단하고 거창한 위로가 필요할 때도 있겠지만, 우리를
살게 하는 건 일상의 소소한 언어 속에 깃든 온기이다. 사
람과 사람이 손을 맞잡고 함께 살아가고 있음을 확인하는
그 온기를 느끼게 해주는 것이 바로 진심 어린 말 한마디
와 작은 행동이다.

잔이 비어갈수록 마음이 차올랐다. 한 모금 남은 커피를
마시고 테이블 위를 정리하며 일어섰다. 마스크를 썼지만
눈으로 웃으며 말했다.

"잘 먹었어요. 고맙습니다. 또 올게요."

그날 내가 마신 건 따뜻한 마음 한 스푼이었다. 혼자 웅
크리고 있던 내 마음을 두드린 건, 일상적인 대화 속에 숨
어 있는 작은 다정함이었다.

'오늘 당신의 마음은 안녕한가요?'

말 한마디를 건네는 것만으로도 다정한 보살핌이 시작

된다. 텅 비어 있던 마음에 기운이 차오른다. 당신에게도 그런 말들을 알려주고 싶다. 말 한마디가 뭘 할 수 있겠냐고 되물을지 모르겠지만, 우리를 웃고 울리는 건 거창한 무언가가 아닌 사소하고 일상적인 것들 아닐까. 그렇다면 마음을 살리는 따뜻한 진심이 담긴 말 한마디의 울림을 전해주고 싶다.

　말 한마디로 오늘도 타인을 배려하고, 나 자신을 보살핀다. 그 모습 안에 헛헛한 겉웃음이 아닌 진심에서 우러난 속웃음을 터뜨리는 내가 공존한다. 잔잔하고 평온히 반짝이는 윤슬처럼 우리 마음에도 반짝이는 소소한 순간들이 늘어났으면 좋겠다. 안녕하지 않을지라도 마음껏 힘들어하고 안녕할 그 순간이 온다는 것을 잊지 않았으면 좋겠다.

　무엇보다 나는,

　당신이 행복했으면 좋겠다. 아주, 많이.

차례

③ 매일 날씨가 변하는 세상 앞에서

④ 내 마음속 모든 감정을 끌어안으며

나를
사랑하지
못하는
나에게

Messages for Myself

"오늘
내 마음에
인사를 건넨다.

어제처럼 오늘도,
오늘처럼 내일도
난 너의 편이야."

"그래, 그랬구나, 정말 힘들었겠다."

위로가 필요한 날이었다. 누군가에게 마음을 털어놓고 싶었을 뿐인데, 공연히 기운만 빠진 채로 돌아왔다. 특별한 조언을 바란 것은 아니었다. 그저 '그래, 그랬구나. 정말 힘들었겠다' 하고 내 이야기에 귀 기울여줄 사람이 있는 것만으로 충분했다. 어깨를 토닥토닥해줄 사람이 필요했을 뿐이었는데, 의외로 이게 쉬운 일이 아니다.

사실은 나도 위로에 서툴다. 상대는 내게 특별한 걸 원하는 게 아닐 텐데 왠지 문제를 해결해주어야 한다는 생각에 괜히 이런저런 말을 해버린다. 그러다 정작 상대의 이야기는 뒷전이 되어버리는 일이 생긴다. 사람이 사람을 위로하는 데 이토록 서투른 탓에, 우리는 쉽게 허전해지고 쓸쓸해지는 것인지도 모른다.

사실은 이 말이 듣고 싶었어

물론 나를 잘 알고 아껴주는 이들이 있다. 그러나 그들의 시간이 늘 내게 있는 것은 아니다. 오늘이 가기 전에 꼭 듣고 싶은 말이 있었다. 타인이 해줄 수 없다면 내가 직접 나에게 그 말을 들려주기로 한다.

포스트잇에 듣고 싶은 말을 적어 눈에 잘 보이는 곳에 붙여둔다. 화장대 위, 책상 위, 작업실 벽에 듣고 싶은 말을 적어두고 지나갈 때마다 수시로 읽는다. 눈으로만 읽지 않고, 소리 내어 읽는다. 눈으로 읽고, 귀로 들으며 가슴을 펴고 숨을 크게 들이쉬면 점점 마음이 편안해진다.

정말 긴급하게 마음에 위로가 필요할 때에는 카카오톡 '나에게 쓰기'를 이용하거나 내 번호로 문자 메시지를 보낸다. 문자는 정말 빨리 온다. 오늘도 내게 문자로 편지를 보냈다.

'정은아 사랑해. 잘해왔어. 너는 충분히 괜찮은 사람이야. 다 잘될 거야.'

문자를 받고 뭉클해 가슴 위에 손을 올리고 크게 심호흡을 한다. 불안과 초조에 떨던 마음이 슬며시 가라앉는다. 어떤 이유도 묻지 않고 공감받았다는 사실만으로 이토록 따뜻해진다.

이제 세상으로 나갈 수 있는 마음의 옷을 입었다. 바로 곁에 있는 내 편을 되찾았다.

무조건, 나를 사랑할 것.

남이 해줄 수 없는 위로를 나 자신에게 해줄 것.

다시 한번 마음을 다잡아본다.

이제, 문을 열고 나갈 시간이다.

"네 마음, 내가 알아줄게."

몇 년 전 친구를 통해 기운이 나는 위로의 말이 적힌 응원 카드를 알게 되어 산 적 있다. 뭔가 막막한 마음을 풀어줄 말 한마디가 필요할 때 내가 직접 뽑기도 하고, 강연에서 고민 을 털어놓은 사람들에게 기운을 북돋아주고 싶을 때 한 장씩 뽑아 가져가도록 한다. 매번 신기하게도 뽑는 사람의 마음에 필요한 말을 담은 카드가 나온다. 이를테면 이런 말들이다.

'괜찮아, 다 잘될 거야.'
'당신은 꽃처럼 귀한 사람.'
'천천히 가도 괜찮아요.'
'당신이 있어서 다행이에요.'
'오늘도 수고했어요.'

응원 카드를 뽑아 선물하고, 함께 읽으며 같은 감동을 한다. 저마다의 마음에 딱 들어맞는 카드가 마법처럼 튀어나오는 것은 아닐 것이다. 특별할 것 없는 말 한마디가 절실했던 순간에, 카드가 대신 해주니 마음이 울리는 것이다. 시시한 나라도 괜찮다고. 어제의 나는 실망스러웠지만 오늘은 나아질 거라고. 쉬어가도 괜찮으니, 물 한 모금 마시고 걸어가자고.

응원 카드를 읽으며, 기운 없이 축 처진 어깨가 슬그머니 올라온다. 다정함이 마음속에서 꽃 핀다. 차가운 도시에서 이리 온기를 얻으며 살아가는 시간이 고맙다.

새로운 응원 카드를 만들어보기로 했다.

나와 당신이 무럭무럭 자라도록

기운을 줄 말들을 듬뿍 담아서.

"오늘은 나에게만 좋은 사람이 되어줘요."

"요즘 일이 너무 바빠서 언제 쉬었는지 기억이 안 나요."

까칠한 얼굴에 피곤이 깃든 표정으로 앞에 앉은 이가 말했다. 가만히 말하는 이의 눈을 바라보니 잠이 부족한지 금방이라도 감길 것 같다. 안타까운 마음에 대답했다.

"그럼 오늘 나오지 말고 쉬셨으면 좋았을 텐데요. 저랑은 이메일로 의논하시구요."

앞에 앉은 이는 화들짝 놀라며 답한다.

"아니에요, 그래도 제가 할 일은 해야죠."

협업 요청이 와서 만난 자리였는데, 처음 만난 이가 자신도 모르게 푸념을 하니 괜히 미안해진다. 하필 오늘밖에 만날 수 있는 여유가 나지 않는다니. 한 시간 안에 서둘러 업무 이야기를 마치고 그이를 돌려보내며 스케줄러를 열어 빡빡한 일정 속에 '나와의 약속'을 잡는다.

하루에 해야 할 여러 일 중 가장 유의미한 일은 '나의 마음을 보살피기'가 아닐까. 사실 늘 바쁜 일상 속에서 충전을 위해 시간을 내어 쓰기란 쉽지 않다. 바쁜 일들을 다 처리하고 남은 시간에 쉬어야지, 생각하고 살다 보면 쉬는 일은 뒷전이고 바쁜 일은 연속으로 쌓인다.

해도 해도 끝나지 않는 일, 그리고 사람들과의 만남, 부탁 들어주기, 책임과 의무에 대한 역할을 하다 보면 끝없이 다람쥐처럼 쳇바퀴만 굴리고 있다. 얼마나 힘들었으면 처음 만난 사람 앞에서 앉자마자 푸념이 흘러나왔을까. 과거 어느 날의 나도 입버릇처럼 '너무 바빠', '쉬고 싶어'를 달고 살았기에 그 마음을 너무나 이해한다. 만약 밀려드는 일들 때문에 쉬고 싶어도 쉬지 못한다면, 공식 스케줄로 '나와의 데이트'를 잡아 그날만큼은 죄책감 없이 다른 일은 거절해도 된다.

나에게 쉼과 휴식을 선물해주자.

공간에도 빈 여백이 있어야 아름답듯,

삶에도 여백이 있어야 다시 근사하게 달릴 수 있다.

사실은 이 말이 듣고 싶었어

완주 없는 마라톤을 뛴다 생각하면 아찔하다.

물도 마시고, 땀도 닦고, 다음 마라톤을 위해

쉬는 시간도 있어야 계속 달릴 수 있지 않을까.

일주일에 한 번씩, 혹은 2주나 한 달에 한 번씩 '나와의 데이트'를 스케줄러에 적어둔다. 그날은 내가 가장 사랑하는 나와의 데이트이기 때문에 마음껏 사랑하고 보살펴준다. 온종일 아무것도 하지 않고 멍하니 있어도 좋다. 자고 일어나 먹고, 다시 자고 일어나 먹기를 반복해도 좋다.

머리도 감지 말고, 세수도 하지 말고, 세상에서 가장 편한 내 잠옷을 입고 뒹굴자. 전화도 받지 말고, 문자나 이메일은 천천히 답해도 괜찮다. 보고 싶던 영화를 하루 종일 보아도 좋고, 먹고 싶은 음식을 마음껏 먹어도 좋다. 분위기 좋은 레스토랑에서 대화할 부담 없이 혼자 천천히 음식을 즐겨도 좋다.

혼자 일하는 직업이라 대부분의 식사를 혼자 하지만, 강연이나 낭독회같이 사람들을 많이 만나야 하는 자리에서 지친 날은 나에게 맛있는 음식을 사주며 선물 같은 시간을 내어준다. 나를 위해 맛있는 식사를 대접하는 것이다. 그날은 평소에 잘 가지 않던 식당을 신경 써 고른 다음, 읽고 싶었는데 아껴둔 책과 노트를 챙긴다. 혼자 먹던 음식보다 조금 더 신중히 메뉴를 살핀다. 음식의 맛에 집중해 천천히 씹어 넘기며 책도 한 장 읽다 글을 쓰고 싶으면 노트를 펼쳐 적는다. 노트가 없으면 냅킨이나 핸드폰에 적는다.

천천히, 내게 딱 맞는 속도로 음식을 먹고 의식의 흐름에 따라 하고 싶은 일을 하는 편안한 자유. 이 시간을 충분히 만끽하며 밖으로 꺼내어 소모된 에너지를 다시 채운다.

에너지를 채우는 방법은 그 외에도 여러 가지가 있다. 때론 보고 싶은 영화를 혼자 보기도 하고, 목적지 없이 걷기도 한다. 걷다 멈추어 선 자리에서 한참을 바라보고, 또 바라본다. 흘러가는 생각은 가두지 않는다.

좋은 날을 좋은 대로 만끽하며 가만히 내 마음을 들여다본다. 비가 오면 오는 대로, 햇살이 비추면 비추는 대로 좋다. 홀로인 듯해도 홀로 있지 않으니 나는 이제 함부로 외롭지 않을 것이다. 나에게 이토록 다정할 수 있으니까. 마음과 감정이 향하는 곳에 내가 조용히 앉아 있다. 생각이 자유롭게 유영하는 여유로운 시간을 보내고 나면 다시 성실히 일상을 살아갈 힘이 생긴다.

세상살이에 고갈되어 지치지 않도록,

무의미해 보이는 일들을 잔뜩 하며

나와의 데이트를 즐기자.

무의미해 보이는 일들이 실은 가장 유의미한 것일 테니.

오늘만큼은 모두에게 좋은 사람이기보다,

나에게만 좋은 사람이 되어줄 거다.

남이 해줄 수 없는 위로를

나 자신에게 해줄 것.

다시 한번 마음을 다잡아본다.

"내 취향을 따를 때
남의 눈치 보지 말아요."

2

노트북에 빨간 불이 들어왔다. 더 이상 여유 공간이 없
다는 신호였다. 몇 년간 묵혀 있던 폴더들을 열어 파일을
정리하기 시작했다. 중복되는 자료 파일들을 정리한 뒤
'나의 시각, 너의 눈'이라 저장된 사진첩을 열었다.

사진을 하드 디스크에 옮기고 지우는 과정을 거치며 이
십 대의 나를 만났다. 분명 지금보다 젊고 생생한데 불안
해 보이는 사진 속 나를 바라보며 그 시절을 떠올린다. 차
림새도 표정도 어딘가 부자연스럽고 어색하다.

그때는 내가 어떤 것을 좋아하고, 무엇이 어울리고, 정
말로 원하는 것이 무엇인지 몰랐다. 멋져 보이는 친구나
지인의 취향을 따라가기도 하고, 유행한다는 것들을 무작
정 따라 해보기도 했다. 사진 속에서 어울리지 않는 옷을

입고 불편한 표정을 짓고 있는 내가 웃고 있어도 편안해 보이지 않는 이유는, 빌려 쓴 취향 때문이다.

그때의 나는 어떤 일을 할 때 즐겁고 기쁨을 느끼는지, 어떤 일을 할 때 다른 사람들과 다른 반응을 하는지 잘 몰랐다. 다른 사람들과 다른 감정을 느끼는 게 틀리거나 이상한 게 아니라는 걸 모르고, 틀에 박힌 퍼즐을 맞추듯 스스로를 바꾸려고만 했다. 몸에 맞지 않는 옷을 입으려 낑낑거리니 불편하고 부자연스럽다. 부자연스러우니 마음이 즐거울 리가 없다.

나는 비 오는 날에 우산을 쓰고 걷는 것보다 실내에서 가만히 앉아 있는 걸 좋아한다. 신발이 젖고 바지가 젖어 꿉꿉한 느낌이 싫다. 그런데 비 오는 날에 우산을 쓰거나 비를 맞으며 걷는 걸 좋아하는 친구들에게 예민하고 까탈스러운 사람으로 보이기 싫어 억지로 우산을 들고 나섰다. 좋아하지 않는데도 꾹 참고 매번 맞춰주면서 마음은 즐겁지 않았다.

물론 매번 내가 좋아하는 대로만 하며 살 수는 없다. 문제는 남들에게 잘 보이고 싶어서 스스로 자신의 소소한 취향을 무시하고 있다는 것이다. 친구들과 어울리는 게 좋아

비 오는 날은 무작정 같이 걷는 게 정상이고, 혼자 실내에 앉아 비를 바라보는 건 비정상이라 생각하는 게 문제이다.

비 오는 날 혼자 조용히 있는 것이 행복하다면 그건 나의 취향일 뿐인 것이다. 다르다는 게 틀린 게 아니듯, 남들과 다른, 혹은 비슷한 취향을 발견하고 좋아하는 것을 찾아가는 건 오직 나만이 시작할 수 있는 일이다.

내가 좋아하는 것들에 대한 기준을 세우다 보면
나만의 취향을 발견하고,
내 삶을 그런 것들로 소소하게 채우며
뭉클하게 감동적인 순간을 살아가게 된다.

'난 집순이라고 생각했는데, 막상 해보니 캠핑장에서 불멍하는 것도 괜찮네.'

'집에서 매일 먹던 밤고구마보다 호박고구마가 내 입에 더 잘 맞아.'

'악기 연주를 좋아하지만, 생각보다 연주를 잘하지는 못하는구나.'

'먹는 걸 좋아하니까 요리도 재미있을 줄 알았는데 생각

보다 잘 안 맞아. 내 입맛에 맞는 식당을 직접 찾아가는 게 훨씬 즐거워.'

요리하는 걸 좋아하지 않는 게 흠이 아니라, 단지 요리하는 것보다 사 먹는 걸 선호하는 취향일 뿐이다. 무언가를 싫어하는 게 흠이 되지 않는다. 각자 좋아하는 게 다를 뿐이라고 생각하면 그만이다.

남들 시선에 너무 많이 신경 쓰지 말고 눈치 보지도 말고 좋아하는 일을 하자. 좋아하는 일이 무엇인지 모른다면 하나둘 찾아가는 연습을 하자. 사실 모르는 게 자연스러운 거다. 나를 찬찬히 들여다보며 좋아하는 것들을 발견해나가면 된다. 그런 것들로 차곡차곡 채워지는 삶이라면 얼마나 따뜻하고 편안할까.

실은 평생 데리고 살아온 나를 내가 가장 모르는 게 아닐까. 사랑하는 사람이 좋아하는 것, 친구가 좋아하는 것, 가족이 좋아하는 것들을 살피고 관심 기울여주는 것의 반만이라도 내가 좋아하는 취향에 관심을 기울여본다.

남들이 좋다는 대로 따라가던 시기를 지나 다른 사람의 시선을 신경 쓰기보다 나를 알아가는 시간들을 통해 내가 즐거운 시간을 만들어가는 것이다. 그러다 보면 좋아하는 게 무엇이고, 나다운 게 무엇인지 알게 된다.

나다운 게 무엇인지 알게 되면

사는 게 조금은 더 자연스럽고 편안해진다.

"내가 나를 사랑하지 않는데,
누가 날 사랑해주겠어."

어제는 나에게 꽤 실망한 날이었다. 마음과 다른 말이 입으로 나와버렸다. 말을 하며 '그게 진심은 아닌데, 다르게 들릴 수 있겠다' 생각했지만 물건처럼 주워 담을 수 있는 게 아니니 뒤돌아 한심하게 자책한다.

하고 싶은 말은 그런 게 아닌데, 마음을 주워 담고 싶지만 보이지 않는 말이 너무도 빨리 달려 마음에 들어가서는 굳게 문을 닫아버렸다. 문자를 보내볼까, 전화를 해볼까, 편지를 써볼까, 핸드폰을 만지작거리며 자책하다 끼니도 거른다.

관계에도 유연하지 못하고 해야 할 말과 하고 싶은 말을 제때 하지 못한 나를 자책하다 하루가 다 갔다. 까아만 밤이 가고 아침이 찾아왔다.

잠이 오지 않는데 마냥 누워 있기도 답답해 커튼을 열었다. 눈이 부시게, 해가 뜨고 있다. 천천히 해가 뜨는 광경을 바라본다. 소리 없이 천천히, 빠알갛게 주변을 물들이며 해는 제 몫의 빛을 내고 있다.

어둠이 사라지고, 밝은 하늘 아래 새 아침이 시작되었다. 이토록 아름다운 아침을 살며 얼마나 만날 수 있을까. 해가 천천히 뜨는 모습을 지켜보며 못난 나를 미워하는 마음을 밤에 두고 온다. 어제의 못난 나를 미워하느라 아무것도 하지 못하고 하루를 보냈는데 아침은 선물처럼 다시 찾아왔다.

이토록 아름다운 날 스스로를 미워하는 건 오늘에 대한 예의가 아니다. 몸을 일으켜 이불을 털고, 기지개를 켠다. 한심한 나를 그만 미워하자. 미워하지만 말고 마음에 들지 않는 부분이 있다면 고쳐보고, 고쳐지지 않는다면 받아들여 보자.

못난 모습의 나도, 나고, 기특하고 예쁜 모습의 나도, 나다. 평범하고 우울하고 지루하고 쓸쓸한 모습의 나도, 나다. 때론 슬프고 알싸한 감정이 드는 날의 나도, 나다.

　실수했다면 사과하고 마음을 전하고 싶다면 진심을 담아 다시 이야기하고 사과가 받아들여지지 않는다면 받아들여지지 않음을 인정하고 떼쓰지 말아야지. 모든 날의 나를 바꾸려 자책하지 말고 있는 그대로의 나부터 받아들이는 연습을 해야겠다.

힘을 내야겠다.

듣고 싶은 위로를 받기 위해.

종이 위에 연필로 문장 하나를 꾹꾹 눌러 써본다.

"I love you the way you are."

있는 그대로의 나를 사랑하는 것.

싫고, 밉고, 한심하기도 하지만

결국엔 이게 다 내 모습이다.

이게 사랑이 아니면, 뭐가 사랑인가.

이토록 아름다운 날 스스로를 미워하는 건

오늘에 대한 예의가 아니다.

몸을 일으켜 이불을 털고, 기지개를 켠다.

한심한 나를 그만 미워하자.

"상처 없이 크는 사람은 없어."

길을 걸을 때 간판을 읽으며 걷기만 해도 재미있어 금방 딴생각에 빠지고 만다. 딴생각을 하느라 자주 넘어진다. 넘어져서 무릎이 까지고 아픈 와중에, 방금 했던 생각이 되게 괜찮은 글로 나올 거 같았는데 넘어지느라 휘발되었단 사실에 괜히 억울하다.

몽상과 공상과 사색은 종종 나를 찾아온다. 화장을 하다 잠시 생각에 빠진 사이 나도 모르게 머리카락에 파운데이션을 두드리고, 립스틱을 바르다 라인이 비뚤어지는 일은 다반사다. 물을 마시는 찰나의 순간, 머릿속으로 공상이 흘러들어와 마시던 물이 줄줄 흘러 옷을 적신다. 그렇게 멍하니 있다가 내가 향하는 곳은 책상 앞이다. 공상의 순간을 글로 남기기 위해서다.

사실은 이 말이 듣고 싶었어

'자유로운 몽상가'로 살고 싶다. 몽상과 공상의 시간에 틈이 벌어지지 않게, 생각의 끝에 다다른 잔상을 잡을 수 있게. 길을 걷다 넘어져도 다시 일어나 상처 위에 딱지가 앉고 아무는 과정을 글로 쓰고 싶다. 절룩이고 피가 나도 상처가 나도 그 흔적이 글이 된다면 흉터가 남아도 괜찮다.

몽상가에게는 상처와 흉터도 글이라는 꽃으로 핀다. 그걸 모르던 시절의 나는 스스로가 참 싫었다. 왜 나만 다칠까 하고 툴툴거렸다. 다른 사람들의 삶은 아직 한 번도 쓰지 않은 깔끔한 새 종이 같은데, 내 삶은 너무 자주 썼다 지워서 꾸깃꾸깃 구겨진 원고지 같았다. 지우개로 아무리 열심히 지우고 지워도 지저분한 자국이 남는 것 같아서 억울했다.

하지만 전부 나쁜 건 아니었다. 상처가 난 자리에 딱지가 떨어지고 생긴 흉터 덕분에 다른 흉터에도 공감할 수 있었다. 내 손에 생긴 상처만 아팠는데, 흉터를 가진 나는 다른 이의 손에 생긴 상처가 눈에 보여 밴드를 건네줄 여유가 생겼다. 다른 이의 아픔을 같이 어루만지며, 내 삶의 상처와 흉터를 원망하지 않기 시작했다. 이것저것 썼다 지운 나의 원고지가 새것보다 더 자랑스러워 보였다.

몸으로 넘어지는 순간과

마음으로 넘어지는 모든 순간에

기억해야 할 것이 하나 있다.

넘어지는 지금이 끝이 아니라는 것이다.

자유로운 몽상가에게는 그 어떤 모퉁이라도

길로 바꿔내는 능력이 있으니.

끝은 언제든 시작으로 이어진다.

사실은 이 말이 듣고 싶었어

"원하는 걸 솔직하게
말하는 것만으로 편안해져."

고등학교 졸업 후 나는 대학을 가지 않았다. 대신 스물다섯 살까지 하고 싶은 일을 원 없이 해보았다. 대학 졸업장이 없어도 성공할 수 있다는 걸 보여주고 싶었다. 대학은 형식적인 절차일 뿐이라고, TV나 신문에 등장하는 수많은 인물들처럼 '자수성가'할 수 있으리라 생각했다.

900군데 넘게 입사 지원을 했고, 열 개가 넘는 직업을 가져봤다. 직원이 셋뿐인 작은 사무실의 사무보조 직원으로 시작해 니트용 원사 영업사원, 니트 디자이너, 파티플래너, 웨딩플래너, 광고대행사 마케터, 전시 기획자 등등, 참 다양하기도 했다. 과감하게 창업을 했다가 1년도 안 되어 쫄딱 망한 적도 있다. 창업 실패로 생긴 빚을 다 갚는데 2년 정도가 걸렸다.

아주 많은 일을 겪고 나서야, 깨달았다. 실은 내가 지독한 자격지심에 시달리고 있음을. 대학에 가지 않고 일을 하는 것이 자랑스럽다고 말했지만 속으론 대학에 다니는 친구들이 부러웠다. 부러운 걸 들키지 않으려 더 열심히 일하고, 어디를 가든 꼭 책을 들고 다녔다.

집요하게 책을 읽고, 읽는 행위에 집착했다. 서점 신간 코너에 안 읽은 책이 반이 넘게 있으면 나의 태만과 게으름을 책망했다. 무엇을 쓰고 싶은지도 모르면서 맹목적으로 글을 썼다. 오랜 시간 자격지심을 인정하지 못했고, 내 안의 부끄러움을 정면으로 마주하지 못했다.

스물다섯이 되던 해의 겨울, 나는 인정하고야 말았다. 지금까지 옳다고 생각한 인생이 실은 핑계로 가득 찬 삶이었고, 내가 '노력'이라 부르던 것은 그 핑계를 뒷받침할 뿐이었다는 것을.

열심히 살고 있다 생각했지만, 세상이 나를 알아주지 않는다는 핑계로 도망치고 있었다. 목적 없는 글을 썼지만, 부끄러운 글을 썼지만, 나는 보잘것없는 사람이지만 작가가 되고 싶었다. 실은 눈물이 날 정도로 대학에 가고 싶었다.

도망치던 문제들을 인정하니 마음이 편안해졌다.

자격지심 뒤에 숨어 있던 내 진짜 바람을

실현하기로 마음먹었다.

나의 목적을 생각하며 글을 쓰기 시작했고, 대학 입시 준비를 시작했다. 녹록지 않았던 삶 속에 책이 있어 위안이었고, 글을 쓸 수 있어 숨을 쉴 수 있었다. 내가 책을 통해 받은 위로를, 글에 녹여낼 수 있다면 얼마나 좋을까. 책을 쓰고 입학 준비를 하던 그해 겨울은 어느 계절보다 따뜻했다.

쓰고 싶었던 주제로 원고를 완성해 출간 기획안을 만들어 출판사 스물다섯 곳에 보냈다. 『해리 포터』를 쓴 작가 조앤 롤링도 스무 군데가 넘는 출판사에서 거절당했다 했으니 한 군데도 연락을 주지 않아도 실망하지 말자 생각했다. 그리고 스물여섯, 일을 하며 학교에 다니는 신입생이 되었고 (말도 안 되게) 첫 책을 출간했다. 그 뒤로도 기대했던 것만큼 순풍이 불진 않았지만 가고 싶은 방향을 알기에 막막해도 견딜 만했고, 때로는 행복이 손에 들어오는 것을 실감하기도 했다. 중간고사 기간 도서관에서 늦은 시

간까지 공부하고 나와 밤공기를 맡으며, 그토록 꿈꾸던 일
상을 살고 있다는 사실에 감격하기도 했다.

인생은 한 번도 쉬이 내 손에 무언가를 쥐어주지 않았
고, 보이지 않는 몇 배의 노력을 한 뒤에야 작은 열매가 손
에 쥐어졌다. 그래도 그 작은 열매가 내게는 너무나 소중
했다. 신기한 건, 남들은 내가 굉장히 노력을 많이 한다는
걸 모른다는 것이다.

그저 생각보다 운이 좋은 사람으로 알고 있고, 별로 노
력하지 않아도 일이 잘 풀리는 사람으로 알고 있다. 내 안
의 자격지심이 들킬까 봐 늘 괜찮은 척했고, 웃는 얼굴로
다녔으니까. 울퉁불퉁하고 못난 나를 들키는 것보다 힘들
어도 힘들지 않은 척 웃고 뒤돌아 우는 게 더 편안했다.

자격지심이 단번에 싹 사라진 건 아니었다. 나보다 잘나
보이는 사람들 앞에서는 기가 죽었다. 기죽은 걸 감추려고
못나게 행동하기도 했다. 그게 못난 줄도 몰랐다. 하지만
부끄러움, 자격지심, 열등감 같은 감정들도 가치 있음을,
외면하지 말고 부드럽게 안아 함께 갈 감정임을 알게 되면
서 나는, 내가 부끄럽지 않게 되었다. 못난 나도 둥글둥글

하게 끌어안는 날이 종종 찾아왔다.

서른이 넘어 대학원에 입학하고 나서, 학교의 과 잠바와 후드티를 샀다. 학생들이, 친구들이 입고 다니던 과 잠바가 꼭 한번 입고 싶었다. 과 잠바가 든 쇼핑백을 신 나게 흔들며 후련한 얼굴로 거리를 걸었다.

'사실은 대학교 과잠바 입고 다니는 친구들이 부러웠어. 이제 소원 풀었다.'

다시 이십 대로 돌아가라 한다면 맹세코 사양하고 싶을 정도로 발버둥 치며 살았다. 자격지심은 남들 눈에 띄어선 안 되는, 반드시 숨겨야 하는 감정이었다. 밀어내지 않고 정면으로 그 감정을 마주하고, 인정하고, 보살펴주기 시작할 때부터 이 감정은 반짝반짝 빛나는 보석으로 바뀌었다.

지금은 그 못난 감정들이 고맙다.
울퉁불퉁 튀어나온 부분들이
부드럽게 마모되어 지금의 나를 만들어주었다.
'오늘', '지금', '이 순간'이라는 말이 빛날 수 있는 까닭은
과거의 내가 그 모든 감정을 거쳐온 덕분이다.

"오늘은 뭐가 먹고 싶어?"

무엇 하나 뜻대로 되지 않아 지쳤다. 역까지 걸어갈 기운도 없어 골목 계단에 털썩 주저앉아 하늘을 바라보았다. 네모난 빌딩 숲 틈으로 하늘마저 네모로 보이는 도시에서 도망치고 싶은 마음. 문득 영화 「리틀 포레스트」에서 주인공 혜원이 했던 말이 떠올랐다. 딱 지금 내 마음 같았던 말, "가장 중요한 일은 외면하고, 그때그때 열심히 사는 척 고민을 얼버무리고 있는 거다."

해야 할 일 목록을 써두고 한 줄 한 줄 지워나간다면 그게 잘 사는 삶이라 여겼다. 앞에 보이는 일들을 해결하기에만 급급했던 나, '열심히'라는 부사를 잘못 쓰고 있었던 모양이다. 뚜벅뚜벅, 다시 역을 향해 걸으며 오늘은 내가 하고 싶은 일을 열심히 생각해보자고 다짐했다.

"열차가 들어옵니다. 승객 여러분께서는 안전선 밖으로 물러서 주시기 바랍니다."

안내 방송에 따라 한 발자국 물러서 열차가 멈추길 기다렸다. 문이 열리고 운 좋게 빈자리에 앉아 빈 종이를 꺼냈다. 손은 나보다 내 마음과 더 친할 거라 믿으며 펜으로 천천히 지금 내 마음의 말을 적어보기로 했다. '지금 뭐가 하고 싶지?' 생각 없이 써 내려가다 보니 '배고파', '집밥 먹고 싶어'라는 글씨가 빼곡해졌다. 마음은 내게 식당 밥 말고 천천히 온기 가득한 음식을 지어 달라 말하고 있었다. 마음의 말을 받아 적으며 「리틀 포레스트」의 혜원을 생각했다.

연애도 취업도 뭐 하나 뜻대로 되지 않는 도시에서 벗어나 시골로 돌아온 혜원은 네 번의 계절이 바뀌는 동안 자연에서 난 식재료로 매끼를 정성스레 해 먹는 일상을 이어간다. 도시에서는 결제만 하면 금세 차려질 밥상을 뜨거운 열기를 그대로 맞으며 땀을 흘리고, 허리를 굽혀 일일이 보살피는 정성을 들여 준비한다. 그런 혜원을 보면 묘하게 힐링이 되곤 했다. 음식을 만들기 위해 오롯이 집중하고, 그 맛을 천천히 음미하는 시간을 하루 세 번 누리는 날들이 부럽기까지 했다.

무엇을 먹고 싶은지 종이에 적다 보니 내려야 할 역에 도착했다. 개찰구를 나와 집을 향해 걸어가며 냉장고 속 재료들을 생각했다. 샤부샤부를 해 먹어야겠다.

일단 집에 가서 손을 씻고 편안한 옷으로 갈아입은 다음, 다시마와 멸치를 넣고 육수를 내야겠다. 무와 대파까지 넣고 진하게 육수가 끓고 있는 동안, 엄마가 농사지어 주신 배추를 잘게 썰고, 버섯을 가지런히 다듬어야지. 냉동실에 잠자던 만두를 두어 개 넣고, 소스를 가장 예쁜 그릇에 담아야겠다.

모든 음식이 딱 알맞게 끓어오르면 영화를 재생시켜두고 후후 불며 배부르게 먹기로 다짐했다. 다 먹고 나면 설거지는 미루고 세상에서 가장 편안하고 게으른 자세로 영화를 마저 보기로. 보다 졸리면 그냥 자야지. 어깨에 흘러내린 가방을 올려 메는 손길에 힘이 꽉 들어갔다.

그날처럼 지치고 무기력해지는 저녁,

나는 습관처럼 나에게 이렇게 묻곤 한다.

"오늘은 뭐가 먹고 싶어?"

"가끔 아이처럼 울고 나면 속이 시원하더라."

어지럽다. 더 이상 쥐어짤 힘조차 남아 있지 않다. 정말 슬픈 사실은 이미 너무 지쳤는데 아직도 하루가 끝나지 않 았다는 것이다. 입안이 까슬하다. 해도 해도 끝나지 않는 일을 피해 비상계단으로 도망친다. 계단 구석까지 올라가 무릎을 세우고 얼굴을 파묻는다. 이대로 잠들어버려 내일 따위는 오지 않았으면 좋겠다.

세상이 열심히 살라고 해서 열심히 살았고, 노력하면 된 다고 해서 죽도록 노력했다. 노력해도 안 되는 일이 있다 는 사실을 알면서도, 노력을 했는데도 안 되는 일에 포기 가 되지 않는다. 이토록 불안하고 두려운 마음으로 살아간 다면 그 끝엔 뭐가 있을까?

불안한 것도 싫고, 노력해도 안 되는 일도 밉고, 포기하지 못하는 나도 밉다. 웅크리고 앉아 있는 자신이 갑자기 아주 작게 느껴진다. 불쑥 속상한 척 웅크리고 있으면 엄마가 와서 안아주겠지, 달래주겠지, 생각했던 어린 날의 내가 떠오른다. 지금도 누군가 내 마음을 알고 나를 꼭 안아준다면 얼마나 좋을까.

따뜻한 품에 안겨 속이 시원해질 때까지 울고 싶다. 펑펑 우는 동안 누군가 가만히 머리를 쓰다듬어준다면 좋겠다. 지금 이 순간 곁에 아무도 없다는 생각에 문득 마음 한쪽이 쓰리다. 내일 따위 오지 않았으면 좋겠다 싶다. 그래도 내일이 다시 오는 건 얼마나 소중한 일인데 이러면 안 되지, 마음을 고쳐먹는다.

무릎 사이로 숙이고 있던 머리를 들어올린다. 이어폰을 꺼내 가장 좋아하는 노래를 재생한다. 눈을 감고 크게 심호흡을 한다. 들숨과 날숨을 번갈아 쉬며 손을 올려 내 머리를 쓰다듬는다. 천천히 쓰다듬으며 나에게 말해준다.

"괜찮아. 힘들었지? 잘하고 있고, 앞으로 더 잘할 거야."

숨을 크게 내쉰다.

불안이 숨을 통해 날아간다.

언제나 그랬듯 힘든 오늘도 다 지나갈 거다.

노력해도 안 되는 일 따위, 얼마나 안 되나 더 해볼 테다.

그 끝에 뭐가 있을지 몰라도

최선을 다하면 후회는 남지 않을 테니

내일 따위 얼마든지 오라고 하자.

내일도 나는 또 다른 오늘을 살며,

마음껏 힘들어하고, 슬퍼하고, 짜증 내겠지만

그럼에도 불구하고 나를 사랑하는 일을 놓지 않을 테니,

누구보다 내 인생이 소중함을 잊지 않을 테니,

이제 두렵지 않다.

① 나를 사랑하지 못하는 나에게

"방황하는 만큼 더 자유로워질 수 있어."

;

다들 잘해내는 거 같고, 혼자만 뒤처지는 거 같아 조급해질 때가 있다. 뭐라도 해야 할 거 같은데, 몸과 마음마저 말을 듣지 않으면 자책하게 된다. 멋진 사람과 비교하며 한심해하는 나라니. 참, 나답지 않다.

그동안 다른 사람과 비교하거나 같은 길을 가기보다 스스로의 보폭으로 걷는 삶을 살았다. 늘 남들이 가는 길을 거꾸로 가거나 인적 드문 샛길을 골라 가는 사람이었다. 무언가를 '해야 할 때'라고 정해준 것들을 비껴가고, 마음의 소리를 찾아, 꿈과 이상을 좇아가는 사람이었다.

하지만 어느 순간부터 타인의 시선에서 자유롭지 못하고 무엇보다 나 자신의 평가에서조차 자유롭지 못하다. 다시 나다움을 찾기 위해 자유를 생각한다.

사실은 이 말이 듣고 싶었어

　태어나는 것, 가족, 성인이 되기까지의 삶은 선택할 수 없지만, 그 이후의 삶은 원하는 대로 만들어갈 자유가 있다고 생각했다. 정해준 대로 따라가던 삶 이후를 직접 좋아하는 대로 만들어가며 진정한 나로 거듭날 수 있다.

"자유는 늘 다르게 생각하는 사람에게 주어진다."
로자 룩셈부르크의 이 말을 노트 맨 앞에 적어본다.
자유는 늘 다르게 생각하는 사람에게 주어지기에,
아프고, 힘겹고, 값지다.

　다르게 생각한다는 건 무엇일까? 사회의 속도나 기준이 아닌, 개인이 정한 속도와 기준으로 살아가는 방법을 생각함이 아닐까.
　대학교에 강연을 가면 학생들이 고민 상담을 청하며 많은 질문을 던진다. 내가 건네는 말이 정답은 아니겠지만, 학생들이 마음의 고민을 밖으로 꺼내면서 조금이라도 시원해지길 응원하며 조심스레 답변을 건넨다. 가끔 어디서도 꺼낸 적 없는 고민을 꺼내며 울음을 터뜨리는 학생도 있다. 반듯함과 정답만을 강요당하는 사회에서 얼마나 힘들었을지 안타까워 한참을 토닥거려준 적도 있다.

"저는 저만의 속도로 가고 싶은데 가끔 불안할 때가 있어요. 친구들은 취업도 하고 자리를 잡아 가는 것 같은데 저만 뒤처지는 것 같습니다."

당연히 불안할 수밖에 없을 것이다. 친구들의 속도와 비교해 불안해하는 마음을 다잡는 것밖에, 그리고 나만의 방식대로 경험해보고 좋아하는 일을 찾아가는 여정에서 불안하더라도 불안함을 그대로 안고 진짜 나를 찾는 수밖에 없다. 누구나 출발점은 다르다. 그리고 도착점도 다르다.

각자 자신만의 속도가 있다. 조금 천천히 가도, 조금 빨리 가도 괜찮다. 가다 보면 어느 순간 앞서기도 하고, 뒤처지기도 한다. 순서가 뒤바뀌기도 한다. 외부의 시선과 평가에 연연하는 마음보다 내 안의 목소리에 귀 기울일 때 진정한 삶의 자유를 얻는다.

그렇게 얻은 자유는 쉽게 빼앗기지 않는다. 스스로 정의한 삶을 살아가는 자유는 달콤하고 단단하다. 나다움의 자유를 일찍 찾을수록 흔들림도 적다. 흔들리더라도 부러지지 않고 서 있을 수 있다. 다른 사람들의 속도에 맞추어 가

지 않고 나만의 속도에 맞추어 가는 자유란 참 좋은 것이
다. 그때부터가 진짜 '내 삶'이 되니까.

'다름'이 '틀림'이 아니라, 자신만의 길을 찾아가는 방식이
라 여기며 다양한 방법을 모색하고 넓은 시야를 가져보길.

끊임없이 흔들리며 선택하고 만들어가는

아름다운 방황도 자유의 일부니까.

"걱정 말아요. 잘할 수 있을 겁니다."

2

작가라는 직업에 수반되는 일이 글쓰기만은 아니다. 글 외에 다른 수단으로 소통하는 일들이 많다. 강연도 그런 일 중 하나이다. 강연을 하며 책 이야기를 하고, 낭독을 하고, 독자들을 가까이서 만나고, 글 쓰는 이야기도 나눈다.

혼자 앞에 서서 강연을 할 때도 있고, 다른 작가들과 여럿이 강연을 할 때도 있다. 여럿이 할 때는 아무래도 마음의 부담이 줄어든다. 나도 그렇지만 사실 작가라면 마찬가지일 것이다. 대부분 말하기보다 쓰는 게 편안한 사람들이 많아서 강연 시작 전에 함께 떨기도 한다.

유독 큰 무대에 서야 하는 날이었다. 많은 이들이 자리를 채우고 있었는데, 나보다 앞서 강연해야 하는 작가님이 얼굴이 새빨갛게 불타고 있었다. 양손을 오들오들 떨며 그녀가 내게 말했다.

"어떡해요, 저 너무 떨려요."

빨간데도 하얗게 질린 듯한 그녀의 얼굴을 보며 예전의 내가 떠올랐다. 스물여섯, 처음 강연 무대에 오를 때 저만치 얼굴이 빨개져서 추운 날씨였는데도 비지땀을 흘리며 머릿속이 하얗게 지워져버린 날이 있었다. 한 시간 반 동안 무슨 말을 했는지 기억나지 않는다. 다만 내려와서 밖으로 뛰쳐나가려는 심장을 붙들어 매느라 애를 쓴 기억만 있다.

무대 울렁증으로 2년 정도를 고생하다 차라리 매일 강의하는 연습을 하면 좀 나을 거 같아서 중학교 국어 학원에서 주 2일씩 아이들을 가르쳐보기도 했다. 과연, 자주 앞에서 이야기를 하다 보니 떨리는 와중에도 최소한 무슨 말을 해야 할지는 생각이 났다.

여전히 강연이나 큰 행사에서는 늘 떨린다. 떨리지만 실수하지 않기 위해 준비를 더 많이 하게 된다. 떨리는 만큼 준비를 해두면 위안이 된다. 잊지 말아야 할 말들은 자체적으로 큐시트를 만들어 적어 간다. 보지 않고 말하면 좋지만, 찾아오신 분들에게 들려드리고 싶은 말을 잘 전달하고 싶어서다. 언제쯤이면 떨리지 않게 될까? 아마도 이런 떨림과 긴장은 평생 동반될 것 같다.

내 옆에서 떨고 있는 작가님의 손을 꽉 잡아주었다. 긴장하고 떨리는 건 그만큼 잘하고 싶다는 마음이 있기 때문이다. 욕심을 버리고 지금 내 앞에 있는 이들과 편안히 재미있게 즐기다 오면 될 거라고 달랬다. 무대로 올라서는 그분의 뒷모습을 향해, 그리고 동시에 나에게 말했다.

"걱정 말아요. 잘할 수 있을 거예요."

"스물, 서른, 마흔…
나의 모든 날을 사랑해."

한 해의 마지막 날인데 들뜨지도 않고 슬프지도 않다. 내일이 되어도 나는 오늘의 생활을 지속할 것이고, 지속함으로 인해 익어갈 것이고, 실수투성이에 미련하고 미성숙한 허점 많은 인간이지만 '그럼에도 불구하고' 모든 결점을 끌어안고 살아갈 테니까. 심지어 그 결점을 좋아하려, 인정하려 노력할 테니까.

일찍 잠자리에 들고 일어나 1월 1일 아침을 맞았다. 그렇게도 다다르고 싶던 나이, 서른아홉을 맞이했다. 사는 게 고단해 방황하던 이십 대에는 얼른 나이 들고 싶었다. 마흔이 되면, 이 모든 괴로움이 끝나고 느긋하고 여유로운 사람이 될 줄 알았다. 그러나 마흔을 딱 1년 앞둔 나는, 여전히 초초함과 조급함에서 자유롭지 못하다. 그래서 이렇게 생각을 바꿔보기로 한다. 마흔, 기다리던 마흔, 두 번째 스무 살을 설레며 기다려 보자고.

박완서 선생님은 마흔부터 소설을 쓰기 시작했다는데 내 인생 마흔에는 어떤 시작이 있을까 기대된다. 혼돈스러웠던 이십 대가 차라리 편하다 느낄 만큼 버거웠던 삼십 대가 지나가고 있다.

마냥 곱게 살고팠는데, 내 몫의 고움은 다른 쪽에 있는 모양이다. 그리고 나는 더 이상 머리가 하얗게 새어버린 노인을 꿈꾸지 않는다. 그저 오늘의 내가 더 새로울 뿐이다.

다만, 오늘 하루도 평안하길, 무사하길, 안온하길, 설령 그렇지 않더라도 실망하지 않길 바라는 이가 되었다. 삶이 뜻대로 되지 않더라도 다른 방향의 길이 있음을 잊지 말길, 하루치의 웃음과 감정에 만족하길 바라는 이가 되었다. 나무가 익어가고, 꽃이 피고, 낙엽이 지고, 앙상해지고, 다시 새순이 돋으며 나이테가 생기듯 내 마음에도 나이테가 생겨가고 있나 보다.

나이 들어간다는 거, 주름이 깊어진다는 건
참 아름다운 일이다.

사실은 이 말이 듣고 싶었어

열어놓은 창으로 들어오는 바람이 차다. 창문을 닫으며
따뜻한 야채 국물이 먹고 싶어졌다. 야채와 버섯 가득한
만두 전골을 바글바글 끓인다. 청양 고추 하나 송송 썰어
넣어 칼칼하다.

뜨거운 불 위에서 바글바글 끓고 있는 전골이 마치 생이
힘차게 움직이는 모습 같아 넋을 놓고 바라본다. 역동적인
움직임을 떠 숟가락 위에 올리고 후후 불어 먹으니 살아갈
힘이 난다. 새해의 첫날, 뱃속이 뜨끈해진다.

속을 뜨끈하게 데운 힘으로 남은 날들을 살아갈 것이다.
나의 모든 날들을 사랑한다. 지나간 스물은 혼란스러워서
좋았고, 살아가고 있는 서른은 미성숙함을 채워가는 것이
좋았다. 곧 찾아올 마흔은 혼란과 미성숙을 안고 '그럼에
도 불구하고' 조금은 느긋해질 것이기에 좋다.

어떤 흔적을 남겨두었든 간에,

내가 지나왔고 지나갈 모든 세월을 사랑한다.

모든 흔적이 나의 삶이니까.

내가 좋아해주어야 모든 삶이 더 빛이 날 테니까.

다른 사람들의 삶은 깔끔한 새 종이 같은데,

내 삶은 너무 자주 썼다 지워서 구겨진 원고지 같았다.

아무리 열심히 지워도 지저분한 것 같아서 억울했다.

하지만 전부 나쁜 건 아니었다.

다른 이의 손에 생긴 상처가 눈에 보여

밴드를 건네줄 여유가 생겼다.

이것저것 썼다 지운 나의 원고지가

더 자랑스러워 보였다.

내 안의 감정을
모두 끌어안고 나니,
나는 내가 더 이상
부끄럽지 않았다.

한심하기만 하던 내가
괜찮은 날도 있었고,
못난 나를 둥글둥글하게
끌어안는 날도 종종 찾아왔다.

나를
울게 하고
웃게 하는
타인에게

Messages for You

"당신과 나,

서로의 예민함을
이해해주기로
해요."

"미움도 다 지나갈 거야."

●

"언니, 그 사람 이런 방식으로 잘 풀렸대. 다행이지?"

"그래, 정말 다행이다. 아무리 미운 사람이라도 잘 못 지
낸다는 얘기 들으면 신경 쓰여."

"맞아. 미운 사람일수록 더 잘 지내야 해. 내가 마음껏
미워해도 미안하지 않도록 잘 지내주면 좋겠어."

미운 사람이 잘 지내지 못하면 왠지 내가 미워해서인 것
만 같아 신경 쓰인다. 마음껏 미워할 수 있게, 차라리 잘
지내라고 빌어준다.

미워하기만 할 때는 생각만 해도 몸이 쑤시고 아프더니
잘 지내라고 빌어주면 마음도 온화해진다. 뾰족한 마음을
둥글게 닦아내며 소심하게 생각한다. 나 같은 예쁜 꽃을
알아보지도 못하고, 나 같은 예쁜 꽃에게 사랑받지도 못하

는 불쌍한 사람이라니, 당신 참 안됐다 하고.

> 그러니, 부디 잘 지내길.
> 미워하는 사람이 잘되길 바라는 마음은
> 사실 내 마음을 지키기 위한 것,
> 다른 누구보다 나를 위한 것이다.

그래서 오늘도 미운 마음은 슬며시 뒤에 놓고 속으로 중얼거린다.

'내가 미워하는 사람, 나를 미워하는 사람까지 모두 돈도 많이 벌고 많이 웃으면서 건강하고 행복하게 잘 살아가세요.'

거울 속 모습보다 뽀샤시하고 예쁘게 만들어주는 사진 어플처럼, 기억에도 필터가 있어 희석되는 모양이다. 그러니 걱정하지 않아도 된다. 누군가를 미워하던 기억도 시간이 지나면 무뎌지기 마련이니까.

> 힘든 기억도 미운 기억도 결국은 다 지나갈 거야.

"욕심을 버릴수록 가벼워지는 것이
사람 사이."

관계에서 늘 진심을 다하고 싶었다. 만나는 사람에게 진심을 다하면 언젠가는 안전하고 진실한 관계가 될 거라 생각했다. 하지만 마음을 나누다 보면 내 마음 같은 사람도 있고, 내 마음 같지 않은 사람도 있다. 내 마음 같지 않은 사람들에게 지쳐 다치지 않게 딱 그만큼만 마음을 주자 다짐하기도 했지만 아낌없이 정을 주는 성향은 쉬이 고쳐지지 않는다.

그런데 한 발자국 떨어져 살펴보니 문제는 진심을 다하는 게 아니었던 것 같다. 마음을 다하는 만큼 상대도 내게 마음을 온통 주길 바라는 기대감이 문제다. 마음을 주건, 선물을 주건 사실 주는 사람은 주는 기쁨이 있다. 이 기쁨을 똑같이 되돌려 받으려 하니 오해가 생기고 상처가 되는 것이 아닐까.

　각자의 마음 그릇이 다르고, 생각 그릇도 다르다. 정작 마음을 받는 이는 진심을 달라고 요구하지도 않았는데 "나는 전부 내어주었는데 너는 왜 그것밖에 안 내어주니?"라고 한다면, 상대방 역시 황당하다고 생각할 것이다.

　상처는 나만 받지 않는다.

　때론 나도 모르게 진심을 다하는

　상대방의 마음을 몰라준 적도 있을 거다.

　내가 주는 만큼 돌려달라고 요구하는 것도

　때론 이기적일 수 있다.

　상처받지도, 상처 주지도 말자 다짐하지만

　사는 게 늘상 그렇듯 뜻대로 되지 않는 순간들이 많다.

　그러니까 괜히 마음 꽁꽁 싸매고 들어가

　고립되지 말아야겠다.

　감정을 숨기는 대신, 꺼내는 순간부터

　새로운 축제가 시작되니까.

"예민함 덕분에 더 많은 게 보여."

밤에 잠들기 전 하루를 돌아볼 때 마음에 걸리는 게 없다면 그날은 참 잘 살았다 싶다. 행여 마음에 걸리는 일들이 있다면 자책한다. 슬며시 자기합리화도 해보지만, 결론은 반성이다. 내일은 오늘보다 조금 더 나은 사람이 되어야지 다짐하며 잠들기도 한다.

작가로 살다 보니 자연스레 일상에서 관찰력이 늘었다. 특히 에세이를 쓰다 보면 사소한 일도 세밀히 들여다보게 된다. 하루 동안 만나고 겪고 생각하는 것들이 글감이 되어 자연스레 글에 녹아든다. 때문에, 책 한 권을 쓰는 동안은 평소보다 더 민감하게 느끼고 작은 일에도 의미를 부여하게 된다.

예민하다 보니 다른 이의 감정이나 상황을 말하지 않아

도 빨리 알아채고, 예민하다 보니 스스로 불편할 것 같은 상황에서 자신을 보살피게 되었다. 예민하기 때문에 나에 대해 더 잘 알게 되고 여러 상황에 미리 대처할 수 있다는 것. 예민한 건 나쁜 게 아니라 그냥 기질일 뿐이라는 걸 글을 쓰며 알았다.

얼마 전 커피 브랜드 광고에 출연할 기회가 생겼다. 평소 좋아하는 브랜드여서 선뜻 수락했는데 막상 촬영 날이 되니 긴장감이 컸다. 이런 날에는 짜거나 매운 걸 먹으면 필시 탈이 나기 때문에 먹고 싶은 걸 참아가며 촬영을 준비했다.

현장에는 미술팀, 음향팀, 조명팀, 촬영팀, 감독님, 피디님들까지 스무 명 남짓 되어 보이는 스태프들이 있었다. 전날도 밤늦게까지 촬영하고 새벽 일찍 나왔다고 했다. 아, 내가 잘해야 이분들 일정에 지장이 없겠구나 싶었다. 애써 긴장을 떨치고 즐거운 마음으로 촬영하고, 화면의 아름다운 색감에 감탄하며 마무리했다.

촬영이 끝나고 분장실에서 옷을 갈아입는데 다음 순서 출연자가 도착했다. 평소 좋아하던 음악을 만드는 아티스트라 반가운 마음에 함께 사진을 찍자 청했다. 대기실을 비워주며 그와 인사를 건네는데, 스태프 분들이 우리에게 식사를 청했다. 괜찮다고 손사래를 치는 그에게 말했다.

"저도 좀 예민해서 체할까 봐 점심 안 먹고 했어요."

"네, 저도 그래서요. 식사를 안 하는 게 좋을 거 같아요."

단정하고 수줍게 말하는 그의 촬영을 응원하며 돌아섰다. 자신의 예민함을 알고 있는 이들, 그 예민함으로 아름다운 작업물을 탄생시키는 이들의 신중함이 좋다.

어느 대학교에서 북토크를 할 때 "예민해도 괜찮다"라는 나의 말이 위로가 되었다는 학생이 있었다. 본인이 예민한 게 문제인 거 같아 성격을 바꾸려고 노력했다는 학생의 이야기를 들으며 "그러지 않아도 괜찮다"라고 말해주었다. 예민한 사람이 성격을 바꾸려 하면 더 탈이 난다.

어떤 이는 한쪽이 뾰족하고, 어떤 이는 동그랗고, 어떤 이는 길쭉하고, 어떤 이는 널찍하다. 뾰족하고, 동그랗고, 길쭉하고, 넓은 데는 각자의 이유가 있기 때문에 세상은 다르게, 조화롭게 이루어진다. 그러니 부디 예민한 이들이 자신의 기질을 바꾸려 애쓰지 않으면 좋겠다. 그 예민함으로 더 아름다운 창작과 작업물들이 탄생하길 바라기 때문이다.

사실은 이 말이 듣고 싶었어

앞으로도 내가 가진 민감함과 예민함으로 마음껏 기뻐하고 슬퍼할 거다. 웃을 수 있을 때 실컷 웃고, 느껴지는 감정에 충실할 거다. 주변에서 감정이 많다고, 감상적이라고 말할지라도 개의치 않는다. 예민하기 때문에 삶에서 만나는 소소하고 아름다운 순간들을 놓치지 않을 수 있기 때문이다.

아무리 작은 것이라도 놓치지 않고 마음껏 느끼고 그 느낌을 글로 담아야지. 나의 예민함을 받아들이는 순간, 타인을 끌어안는 여유가 덤처럼 넉넉해진다.

예민한 사람이지만

그 예민함 덕분에 할 수 있는 일들을 잘해왔고,

앞으로도 잘해나갈 거다.

그러니, 걱정하지 말길.

앞으로도 내가 가진 민감함과 예민함으로

마음껏 기뻐하고 슬퍼할 거다.

예민하기 때문에 삶에서 만나는

소소하고 아름다운 순간들을

놓치지 않을 수 있기 때문이다.

"사람도 일도 힘을 빼야 더 편해."

세상에서 가장 어려운 일이 사람의 마음을 얻는 일이라 한다. 그러니 마음을 얻으며 가까워지고 싶은 이의 곁에서 오래도록 머물 수 있다는 건 어쩌면 커다란 행운이다. 예전엔 상대에게 솔직하게 좋아하는 마음을 내보이면 곁에 있어줄 거라 생각했다.

그래서 더 알고 싶고, 궁금한 사람을 만나면 진심을 다해 마음을 내보였다. 상대방의 모든 이야기에 주의를 기울였고 나의 역사를 하나도 빠짐없이 알려주고 싶었다. 내가 보이는 마음이 상대에게는 부담이 될 수도 있음은 생각하지 못했다.

관계를 망치는 게 나라는 생각을 하게 된 건 나처럼 행동하는 사람을 만났기 때문이다. 열과 성을 다해 가까이다가왔지만 같은 마음이 아닐 때라 부담스러웠다. 사람과 사람 사이엔 적당히 힘을 빼고 편하게 관계를 유지하기 위한 적정 거리가 있는 거 같다. 모든 걸 사랑해주어야 내 사람이라는 생각은 스스로 만들어낸 동화 속 판타지 같은 것이다.

나 역시 상대방 발가락 끝의 흠까지 사랑할 수 있을까? 어떤 때는 작은 결점이 거슬려 집중하지도 못하면서, 상대방은 모든 걸 사랑해주길 바라는 것은 참으로 이기적인 생각이다.

가까워진다는 의미가 서로가 원치 않는 치부까지 내보여야 한다는 의미는 아니다. 보여주고 싶은 모습만 보여주는 데에는 이유가 있을 것이다. 자연스럽게 서로의 이야기를 내보이는 시기가 온다면 그때 잘 들어주고 품어주면 좋지 않을까.

알게 된 지 꽤 시간이 흘렀는데도 서로 존댓말을 쓰는 친구들이 있다. 심지어 자주 만나고 연락하는 사이인데, 일정한 거리가 있는 것 같지만 그럼에도 서로에게 다정하다. 무례하게 선을 넘지 않고 상대를 존중하는 배려가 지속된다. 그 친구들과의 관계를 생각하니, 모든 이들에게 해당되는 건 아니지만 적당한 간격이 있어야 유지되는 사이도 있는 거 같다. '힘을 뺄수록 아름다워진다'라는 말은 당신과 나 사이에도 적용되는 셈이다.

무작정 가까워지려 애쓰기 전에

몇 걸음 간격을 두고

인사를 건네는 것부터가 시작이다.

서로가 서로임을 지킬 수 있는 거리를 인정해주자.

모든 색이 같을 수 없듯이

모든 이와의 관계도 온도가 다르다.

"이해되지 않는 일은 이해하려 애쓰지 마."

아무리 이해할 수 없는 사람이라도 이해하려 애써야 한다고 생각한 시절이 있었다. 가까이 지내는 관계에서 비상식적인 언행을 하는 사람을 보며 나의 상식이 틀린 것인지 의아해하면서도, 그가 그렇게 행동하는 이유를 찾아보려 무진 노력했다.

'저 사람의 의도를 내가 오해한 게 아닐까? 그래, 어쩌면 그럴 수 있을 거야. 근데 내 앞에서 하는 말과 다른 사람 앞에서 하는 말이 왜 다르지? 왜 저런 욕심을 부리고, 저런 언행을 하지? 꼭 저렇게밖에 표현할 수 없는 건가?'

그러나 상대를 내 방식대로 받아들이려 생각할수록 이해는커녕 "왜?"라는 질문만 쌓여갔다. 이리저리 시선을 바꿔보려 노력해도 끝내 관계는 원점으로 돌아가 버리곤 했다.

그러면서 알게 되었다. 세상엔 이해할 수 없는 일들이 일어나듯, 이해할 수 없는 사람도 있구나. 반대로 생각해 보면 내가 이해하지 못하는 사람에게, 나 역시 이해되지 않는 사람이겠구나. 그렇다면 굳이 이해하려고 애쓰지 말자. 이해받으려는 시도 역시 멈추어도 괜찮다.

애쓸수록 좋아진다면 모르겠지만 애쓸수록 관계는 회복되지 않고 마음만 탄다면 이제 그만 이해하려는 노력을 멈춰도 된다. 굳이 '틀림'과 '다름'을 구분하려 이유를 찾지 않아도 그냥, 이해되지 않고 맞지 않는 사람은 있는 거니까.

먹고 싶은 것 먹고, 보고 싶은 것 보고, 만나고 싶은 사람 만나고, 하고 싶은 것 하며 살기에도 짧은 인생이다. 이해되지 않는 사람 곁에서 이해하려 애쓰느라 새카맣게 속 태우지 말고 속 편하게 생각을 멈추자. 그 사람을 만나는 게 힘든 일이라면 관계에서 조금 멀어지자. 멀어져도 괜찮다.

불편한 사람과의 만남은 거절하는 자유,
이해할 수 없는 사람을 이해하지 않는 자유.
내가 선택한 자유들로 나 자신과 친해지는 연습을 하며

사실은 이 말이 듣고 싶었어

조금씩 편안해진다.

나를 편안히 대해주는 연습은

불편한 요소들을 하나씩 덜어내며 시작된다.

"너무 멀리 보지 말고
지금 눈앞의 것을 소중하게."

톨스토이는 말년에 이르러 자신의 문학 인생을 뒤돌아본다. 자신의 소설이 인간의 삶에 어떤 기여를 했을지 회의감에 빠진 그는 일흔을 훌쩍 넘긴 나이에 「세 가지 질문」을 썼다. 틱낫한 스님은 '이 책은 단순한 이야기가 아닌 경전'이라 했다. '인간을 위한 이야기'를 쓰고 싶었다는 톨스토이는 이 작품에서 세 가지 질문을 던진다.

'가장 중요한 때는 언제일까?'
'가장 중요한 사람은 누구일까?'
'가장 중요한 일은 무엇일까?'

그림 작가 존 무스가 각색한 『세 가지 질문』°에서 주인공 소년 니콜라이는 이 세 가지 질문의 대답을 고민하다 왜가리 소냐, 원숭이 고골리, 개 푸슈킨에게 같은 질문을 던진다. 친구들의 답이 마음에 쏙 들지 않았던 니콜라이는 외딴곳에 살고 있는 거북이 레오 할아버지를 찾아가 답을 묻기로 한다. 하지만 레오는 귀 기울여 듣더니 그저 빙긋 웃는다.

레오를 도와 밭을 갈던 니콜라이가 부지런히 밭고랑을 만들었을 때 갑자기 소나기가 쏟아진다. 다급히 집으로 뛰어가던 니콜라이는 다친 어미 판다가 살려달라고 외치는 소리를 듣고, 어미와 아기 판다를 구한다.

니콜라이가 다시 거북이 레오를 찾아가 질문하자, 레오는 니콜라이가 이미 답을 알고 있다고 말한다. 깜짝 놀란 니콜라이에게 레오는 니콜라이가 밭을 갈았던 일, 비바람 치는 순간 다친 판다를 구한 일을 이야기하며 말한다.

"기억하렴. 가장 중요한 때란 바로 지금, 이 순간이란다. 가장 중요한 사람은 지금 너와 함께 있는 사람이고, 가장 중요한 일은 지금 네 곁에 있는 사람을 위해 좋은 일을 하는 거야. 니콜라이야, 바로 이 세 가지가 세상에서 가장 중요한 것들이란다."

지금 나에게 가장 중요한 건 (어떤 일을 하고 있건) 이 순간 내가 하고 있는 일이고, 지금 내 곁에 있는 사람이며, 그 사람을 위해 좋은 일을 하는 것이다.

멀리 있는 거창하고 휘황찬란한 어떤 것도 좋지만 너무 애쓰지 말고, 오늘, 지금 이 순간, 내 곁에 있는 이와 마음을 다해 시간을 나누자.

톨스토이가 일흔이 넘어 깨닫고, 말하고 싶었던 건

먼 것을 보느라 순간을 놓치지 말고,

소중한 오늘을 살자는 말 아니었을까.

『세 가지 질문』, 레오 톨스토이 원작, 존 무스 글·그림, 김연수 옮김, 도서출판 달리, 2003년

사실은 이 말이 듣고 싶었어

"넌 내가 더 좋은 사람이 되고 싶게 해."

어느 날의 나는 사랑을 하며 생각했다.
사랑이 맑게 다가오는 모습을 보며
당신 마음의 우산이 되어주고 싶다고.

유독 웃는 날이 많은 사람이었다.
아프고 슬픈 이야기는 비껴가며
괜찮은 척하는 당신을 보며 나는
쨍하게 햇빛 비춘 날 우연히 길을 걷다 만난 소나기처럼
대책 없이 쏟아진 감정의 소나기를
함께 맞고 싶다고 생각했다.

슬픈 당신, 아픈 당신, 상처 입었던 당신,

자지러지게 재미있던 당신,
무미건조한 당신까지
모든 당신이 내게로 올 수 있도록
마음의 응급실이 되어주고 싶었다.

천천히, 오래, 조심스럽게.
그렇게 마음을 열어가던 날들처럼
이번엔 당신 마음에 씌워주고 싶던
우산이 내 손에 들려 있다.
속수무책으로 비가 쏟아지는 날,
오늘 마음의 응급실은 내 손에 들린 우산이다.
당신을 사랑하던 그 마음을 이젠 내게 돌려본다.

슬픈 나, 아픈 나, 상처 입었던 나,
자지러지게 웃던 나, 무표정한 나까지.
모든 나의 마음을 지나치지 않고
슬픔은 슬픔대로 소중히 느껴 지나갈 수 있게
충분히 슬퍼하고
상처는 덧나지 않게 가끔 들여다보며

사실은 이 말이 듣고 싶었어

토닥토닥 위로도 해주고

자지러지게 재미있던 날들은 자주 기억하며

웃는 날을 조금 더 늘려본다.

무표정한 날의 내 기분을 인정하며

웃고 싶지 않을 때 웃지 않는 자유를 준다.

사랑이 사랑을 알려준다.

그러니,

두려워하지 말고 뜨겁게 사랑하자.

그러니,

사랑을 멈추지 말자.

나 역시 상대방 발가락 끝의 흠까지

사랑할 수 있을까?

어떤 때는 작은 결점이 거슬려 집중하지도 못하면서,

상대방은 모든 걸 사랑해주길 바라는 것은

참으로 이기적인 생각이다.

"사랑이 사람을 살게 하니까."

그저 웃는 모습이 좋아서

그저 이야기 나누고 싶어서

그저 바라만 보아도 좋아서

그저 당신이 좋아서

우리가 서서히 깊어져 서로에게

친밀한 존재가 되는 것이 좋다.

별것 아닌 이야기가 우리에겐 별것이 되고,

당신과 나만이 알 수 있는 언어가 켜켜이 쌓여

둘만의 역사가 만들어진다.

이해하지 못하는 일들도 당신을 만나

이해할 수 있는 일들이 되어간다.

사실은 이 말이 듣고 싶었어

이해하기 때문에 사랑하는 게 아니라

사랑하기 때문에 이해하는 거라 했으니.

사랑이란,

광활한 이 세상에서 초라한 내가

초라하지 않다 느끼게 해주는 온기가 아닐까.

사랑이 사람을 살게 한다.

당신과 주고받은 온기가 나 혼자 있을 때도

스스로를 따뜻하게 만든다.

당신을 사랑하며 배운 그 마음 덕분에

나 혼자 있을 때도 조금은 외롭지만 전처럼 아프지 않다.

당신과 마주보는 나의 모습도 아름답지만

사랑받고, 사랑을 주었던 그날들처럼

먼저 나 자신을 온전히 사랑하기로 했다.

온 우주에 당신밖에 없던 그날들처럼

사소하고 시시하고 못나고 부족한 것들도,

나조차 받아들이기 힘들었던 빈 부분들까지도 사랑한다면

나는 더 좋은 사람이 될 수 있을 것 같다.
왠지, 그럴 것만 같다.

나는 이제 거친 바람에도 쓰러지지 않고,
세찬 눈보라에도 무릎 꺾이지 않고,
내리는 빗속을 뛰어갈 수 있는 사람이 되고 싶다.
무표정의 적요 속에서도 평화로운 사람이 되고 싶다.
그러기 위해, 내 마음을 찬찬히 들여다보며 예뻐해줄 거다.

내가 가장 나다울 때를 찾아볼 테다.
나답다는 건 가장 자연스럽고 편안한 상태일 테니까.
당신이라는 사람을 알게 된 덕분에,
나는 자연스럽고 편안하게 나다움을 찾아가게 되었다.

당신이라는 사람을 통해 비로소,
나와의 관계가 시작된 것이다.

사실은 이 말이 듣고 싶었어

"그저 너라는 이유만으로 충분하다는 걸, 오래오래 기억해주길."

평일 아침은 대부분 몽롱하고 정신없다. 정신은 아직 잠에 잠겨 있지만 의식적으로 몸을 움직여 치호에게 아침밥을 주고, 씻기고, 옷을 갈아입힌다. 오늘도 어김없이 눈이 반쯤 감긴 채 어린이집에 바래다주기 위해 엘리베이터를 탔는데, 4층 남매가 동시에 입장한다. 치호보다 두 살 정도 어려 보이는 동생이 인사하며 치호에게 안긴다. 그 모습을 보며 동시에 웃음꽃이 피었다. 도란도란 이야기를 나누다 1층에서 헤어지고 치호가 말한다.

"엄마, 저 동생이 왜 이렇게 나를 좋아하지?"

"치호라서 그렇지. 네가 멋져서."

"내가? 내가 멋지다고?"

"그럼~ 치호는, 치호라서 멋져. 그냥 멋져. 이유 없이."

아무 이유 없이, 그저 너라는 이유만으로 사랑받는 사람이라는 걸, 집 밖에서도 아이가 내내 기억하기를 바라며 배웅했다.

돌아오는 길, 있는 힘껏 숨을 들이쉬고 나무를 바라본다. 나무들은 벌써 앙상하게 가지를 내보이고 있다. 나무가 나무인 이유, 나무가 거기에 있는 이유를 찾지 않아도 되듯 우리도 저마다 이유 없이 멋지고 소중하다. 내가 나인 이유도 필요 없다. 사람은 누구나 다르고, 그 다름이 차이가 아닌 '특별함'이다. 다르기 때문에 저마다 특별하고 소중하다.

나로 살아가는 타당한 이유를 찾지 않아도 된다.
나는, 나라는 이유만으로 충분히 멋지고 소중하다.

치호에게 해준 말을 반복하여 나에게도 들려준다. 눈을 감고 큰 숨을 들이켠다. 신선한 공기에 잠은 지난 밤 속으로 사라졌고 얼굴엔 봄날 같은 미소가 가득 떠오른다. 존재만으로 특별하고 소중한 오늘이니 감사하며 하루를 잘 살아내야지.

"내가 '더' 고맙고 미안하고 사랑해."

부모님과 함께 살던 시절을 생각하면 나는 늘 사랑을 더 원하는 아이, 인정에 목마른 아이였다. '고마워, 미안해, 사랑해, 잘했어, 너를 믿어, 너라면 할 수 있을 거야.' 다른 어떤 말들보다 이런 말이 듣고 싶었는데, 제대로 들어본 기억이 없다. 노력은 하지만 번번이 맞이하는 현실의 벽 앞에서 자주 초라해졌기에 응원에 목말랐다.

꿈과 이상이 큰 나에게 부모님은 겸손이 미덕이고 자만 하면 안 된다며 마음으로 응원하고 앞에서는 엄하게 대하 는, 그런 분들이셨다. 하지만 나는 다정한 말 한마디, 진심 을 담은 믿음, 그리고 포용 같은 것들이 필요했다.

치호에게는 내가 듣고 싶었지만 듣지 못한, 다정한 말 들을 알려주고 싶었다. 이 세 마디만 제때 할 줄 안다면 아이가 따뜻한 인생을 살 수 있을 것 같다는 생각이 들어, 치호가 아주 어릴 때부터 '고마워', '미안해', '사랑해'를 자주 들려주었다.

어떤 상황에서 고맙고 미안한지를 알고, 고마울 때 쑥스럽다는 이유로 속으로 삼키지 않고, 미안할 때 사과할 수 있는 사람이라면 마음이 넉넉할 것 같았다. 어느 날 자기 전 함께 이를 닦던 치호는 문득 생각난 듯 말했다.

"엄마, 오늘 예쁜 옷 입혀줘서 고마워."

"오늘 입은 옷이 마음에 들었어?"

"응, 공룡이 멋졌어. 친구도 멋지다고 했어."

"고맙다고 엄마한테 말해줘서 더 고마워."

통통한 엉덩이를 팡팡 두드려주니 충만한 행복감이 칫솔을 타고 심장으로 찌르르 몰려온다.

해야 할 말을 속에만 담아두지 않고 제때 입 밖으로 꺼내놓는 건 정말 중요하고 때론 용기가 필요한 일이다. 마음을 전하고 싶은데 시기를 놓쳐 사과도, 고마움도 전하지 못하고 지나가 버린 순간들이 아쉽다.

프리랜서로 일하며 만난 담당자 중에 해가 바뀌어도 한

결같이 대답하는 분이 있다. "고맙습니다"라고 말하면, 언제든 웃는 목소리로 "제가 더 고맙습니다!"라는 대답을 들려준다. 아, 이 말이구나. 덕분에 '제가 더'라는 말의 기쁨을 새로 배운다. 말 속에 담긴 감정이 배가 되어 내게 돌아오는 기분이 든다. 내가 건넨 따뜻한 마음을 반으로 쪼개어 받은 것만 같다.

내가 '더' 고마워.

내가 '더' 미안해.

내가 '더' 사랑해.

나와의 관계에서도, 타인과의 관계에서도 놓치지 않고 이 말을 전하는 따뜻한 삶을 살고 싶다. 이 순간, 이 시절이 아니면 만나지 않았을 시절 인연에게도 이 마음을 전해본다. 지금 만나야 할 시절 인연이 곁을 스쳐 지나갈지라도, 함께하는 순간의 마음은 진실하고 다정했으니.

언젠가의 시절을 돌아 다시 만날 우리를 위해

미안하고, 고맙고, 사랑함을 전한다.

"나와. 같이 밥 먹자."

"우리 언제 식사 한번 하지요."

언젠가 좋아하던 사람이 식사를 함께 하자는 말을 듣고, 며칠 밤을 설렌 적이 있다. 식사를 함께 하다니. 차를 마시는 것도 아닌 식사를 한다는 건 우리가 조금 더 가까워진다는 의미가 아닐까.

부러 시간을 내어 만나고, 함께 먹을 음식을 고르고, 따뜻한 음식이 나오기까지 담소를 나누고, 음식이 나오면 서로의 속도에 맞추어 조심스레 배려해가며 식사를 한다. 음식을 먹다 보면 마음이 나른해져서 미소도 절로 나온다.

언제 어디서 무엇을 먹을까…… 즐겁게 기다리던 나의 설렘과는 다르게 그 사람은 연락이 없었고, 먼저 식사를 청해보아도 일정이 바쁘다는 대답이 돌아왔다.

그때 알았다. "안녕하세요"와 "식사해요"가 이음동의어가 될 수 있다는 걸. 기대감에 마음속을 둥둥 떠다니던 풍선의 바람이 맥없이 빠졌다. 지킬 수 없는 약속은 허무하다. 나 역시 누군가에게 인사치레로 허무한 약속을 주었을지도 모르고, 그것이 내게 돌아온 것일지도 모른다.

내가 아무 생각 없이 건넨 말을 누군가는 깊게 마음에 새겼을지도 모른다는 생각이 가슴을 깊게 찔렀다. 이러지 말자. 지킬 수 있는 약속을 건네려고 노력하자. 인사치레로 "식사 한번 하지요"란 말을 하지 말자. 이렇게 결심한 날부터 말 한마디에 무게가 실렸다.

내가 먼저 식사를 하자고 청하면 그날이 언제가 됐건, 진짜로 마주 앉아 밥을 먹는 날을 마련했다. 먼저 "식사 한번 하지요"란 말을 꺼내기가 어려운 걸 알기에 상대방이 건넨 "식사해요"란 말이 진짜 식탁으로 옮겨오기까지가 참으로 고마운 일이라는 것을 알게 되었다.

"연락해주어 고마워요."

"식사하자고 이야기해주어 고마워요."

잊지 않고, 말로도 마음을 담아 건넨다.

사소하지만 가짜 마음 말고 진짜 마음을 나눈다.

진짜 마음으로 다정함을 나눈다.

"이리 와, 안아줄게."

"잘 지냈어? 이리 와, 한번 안아보자."

잔뜩 힘이 들고 외로울 때 찾아가면 온몸으로 안아주는 언니가 있었다. 나보다 마른 언니는 늘 사람들의 이야기를 잘 들어주고, 칭찬해주고, 격려해주었다. 마음 담긴 선물을 종종 건네고, 만나고 헤어질 때마다 따뜻하게 끌어안아주거나 손을 잡아주었다.

언니가 안아주면 힘든 마음이 녹아 다시금 힘을 내어 잘 살 수 있을 것 같은 기분이 들었다. 몇 발자국 곁에서 언니가 다른 친구를 안아주는 모습을 본 적이 있다. 다 큰 어른이 고개를 숙이며 안길 때 한참 행복한 표정을 지었다. 그 모습을 보며 나도 기분이 좋아졌다. 언니를 보며 위로가 필요한 이에게는 많은 말보다 따뜻하게 안아주는 것의 힘이 더 클 수도 있음을 알았다.

시간이 지나 예전의 나처럼 어깨가 처진, 눈꼬리가 내려간 이들을 만나면 가끔 말없이 포옹을 건넨다. 등을 토닥여주며, 혹은 따뜻한 눈빛을 건네며 상대의 마음속 응어리가 조금이나마 녹기를 바란다.

정호승 시인의 시에서는 외로우니까 사람이라 한다.

누구나 홀로 선 나무가 되어야 하지만

외로움에 잠식되지 않도록 함께 있는 동안

온기를 나누며 살아가야지.

이 글을 읽는 이들에게도 마음으로 포옹을 보낸다.

"내가 사랑하는 거 잊지 마."

고단한 세상살이에 지쳐 무릎이 꺾일 때 서로에게 온기를 주는 관계에 대해 생각한다. 예전에는 나만 상처받았다 생각했는데, 요즘은 본의 아니게 나도 상처를 주는 사람이라는 걸 안다. 상대와 내가 의도적으로 마음에 스크래치를 내는 게 아니라 순간의 시그널이 맞지 않을 뿐이라는 것도 안다.

그래서 관계에 상처를 받으면 마음에 빗장을 걸어버리고 웅크리던 시절과 달리 이제는 온기를 찾아간다. 나는 평생 절대 나를 사랑하지 못할 줄 알았는데 이리 온기를 찾아가며 스스로를 위로하는 모습을 보며 인생에서 '절대'라는 말은 단언하지 말아야 하는 단어가 아닐까 싶다.

오늘 내가 찾아갈 온기는 매일 나에게 사랑을 고백해주

는 남자다. 그의 마음을 사기 위해 사탕과 초콜릿 과자를 준비해 문을 연다. 주머니에서 사탕을 꺼내어 주면 잔뜩 기뻐 폴짝 뛰는 그를 보며 억지로 웃어 보이던 형식적인 미소가 아닌 진짜 웃음이 피어난다.

"엄마 어떻게 이렇게 아름다운 생각을 했어? 잘했어!"

"엄마 우주만큼 사랑해."

"내가 더더더더더더 많이 사랑해!"

"엄마 사랑해, 잘 자."

나의 남자, 치호와 함께 침대에서 뒹굴거리며 달콤한 고백을 듣다 보면 바닥 난 마음의 온기가 가득 채워진다. 우리는 서로를 더 좋은 사람으로 만들어주는 사이가 아닐까.

나는 너에게, 너는 나에게 온기를 나누어 주며 살아간다. 채워진 온기 덕분에 나는 무릎이 꺾이더라도 휘청거리더라도 마냥 넘어져 있지 않고 툭툭 털고 일어나서 걸어갈 수 있게 된다. 나를 사랑하는 품위를 가질 수 있게 되길 바라며 걷는다.

사실은 이 말이 듣고 싶었어

자신을 사랑하는 사람에게는 품위가 있다. 우아하고 편안한 품위가 지니는 온화한 느낌이 좋아 그 사람의 곁으로 가고 싶어진다. 단단하고 다정한 미소에서, 화려하지 않아도 꾸밈 없는 존재 자체에서 빛이 난다. 그 빛은, 내면으로부터 시작된다.

희미해지더라도 빛이 꺼지지 않도록
나를 사랑하고 그 힘으로 너를 사랑해야지.

"이 글을 읽는 네가 웃고 있다면 좋겠어."

왜, 그런 날 있잖아.

집으로 돌아가는 길이 유독 멀게 느껴지는 그런 날,

매일 올라가던 그 계단이 올라도 올라도

끝나지 않을 거 같은 그런 날 있지.

늦은 퇴근길 고요한 거리에 나 혼자 남은 그런 느낌.

사람들에 둘러싸여 있어도 외로운 그런 날 있잖아.

같이 있는데 같이 있지 않은 그런 느낌.

마냥 한숨만 쉬고 있기엔 나의 오늘이 아까워

뭐라도 해서 힘을 내고 싶은데

어떻게 해야 힘이 날지, 기분이 나아질지 모르겠을 때.

이러지도 저러지도 못하는 내가 마냥 답답할 때 있잖아.

사실은 이 말이 듣고 싶었어

세상에 혼자 남은 듯 적막하고 외로울 때

이 글을 읽고 있다면 아무 생각 하지 말고

그냥 그대로 있어도 된다고 말하고 싶어.

일부러 기운 내려고 하는 시도들이

사실 너를 더 슬프게 하잖아.

그냥 그대로 있어도 돼.

오늘은 유난히 어깨가 기울어진 그런 날일 뿐이야.

지친 몸을 끌고 들어와 씻을 기운도 없이

침대에 몸을 파묻어 버리고 싶은 그런 날일 뿐이야.

무슨 일이 있었는지 설명할 힘도 없는 그런 날일 뿐이야.

즐거운 날도 인생이고

슬픈 날도 인생이고

지루한 날도 인생이듯

도저히 기운 나지 않는 날도 인생이니까 괜찮아.

기운 나지 않는 날들을 살다가도

우연히 발견한 보석 같은 행운에

금세 마음이 풀어져 버리기도 하니까.

침대에 파묻혀 있다가 이웃집에서 넘어오는
음식 냄새에 허기를 못 참고 치킨 배달을 시키고
겨우 침대에서 빠져나왔는데,
마치 문 앞에서 대기하고 있던 것마냥
바삭하고 따뜻한 치킨이 딱 배달되기도 하고.

탈진할 것 같은 기분으로 자동차 시동을 걸었는데
그날따라 한 번도 신호에 걸리지 않고
파란불만 받으며 평소보다 일찍 집에 도착하기도 하잖아.

사람들에 둘러싸여 있어도 외롭다 느꼈는데
너의 시무룩한 표정을 모르는 것만 같던 친구로부터
늦은 밤 '잘 자'라는 메시지를 받기도 하지.

뭐 이리 잔뜩 꼬인 인생이냐 싶다가도
이래도 되나 싶을 정도로 아주 가끔은
좋은 일이 생기기도 하고 말이야.

사실은 이 말이 듣고 싶었어

그러니까 오늘은

이 글을 읽고 있는 네가 웃고 있다면 좋겠어.

적어도 오늘만큼은 말이야.

자신을 사랑하는 사람에게는 품위가 있다.

편안한 품위가 지니는 온화한 느낌이 좋아

그 사람의 곁으로 가고 싶어진다.

단단하고 다정한 미소에서,

화려하지 않아도 꾸밈 없는 존재 자체에서 빛이 난다.

그 빛은, 내면으로부터 시작된다.

희미해지더라도 빛이 꺼지지 않도록

나를 사랑하고 그 힘으로 너를 사랑해야지.

나는 너에게, 너는 나에게
온기를 나누어 주며 살아간다.

우리는 서로를 더 좋은 사람으로
만들어주는 사이가 아닐까.

매일
날씨가 변하는
세상 앞에서

Messages for Others

"잊지 말아.

살면서
날 버려야 할 만큼
중요한 건 없어."

"스스로 행복해지기를 포기하지 말아요."

2

중심도 잘 잡고 튼실한 하체의 소유자인데 의외로 종종 넘어진다. 걸음을 걸으면 걸음에만 집중해야 하는데, 사방에 보이는 풍경들이 신기하고 재미있어 딴생각을 하는 탓이다. 매일 보는 풍경인데도 또 새로운 게 발견되고, 자주 가는 동네인데도 관찰하고 싶은 호기심이 넘친다.

가느다란 힐을 신고 다니던 시절엔 구두 때문이라는 핑계라도 댈 수 있었는데, 이젠 거의 운동화만 신고 다녀 신발 탓을 할 수도 없다. 이십 대 초반까지는 방어하거나 피할 겨를도 없이 그대로 넘어져 다리에 피딱지가 굳기도 전에 새로운 상처가 생기곤 했다.

많이 속상하던 어느 여름날 '대체 왜 이런 일이 생긴 걸까?' 고민하며 걷다 넘어지고 말았다. 아프다. 아파. 너무 아프다. 마음에 생긴 상처는 바를 약도 없어 생살이 벌어져 쓰라린데 넘어져 생긴 상처는 약을 바를 수 있음에도 아프고 서럽다.

마음이 아픈 건지, 넘어져 까진 무릎이 아픈 건지 모르겠지만 주저앉아 엉엉 울었다. 해는 왜 이리 뜨겁게 내리쬐는지. 모든 건 뜻대로 되지 않는 더위 때문이라고 탓을 돌렸다.

아물지 않을 것 같던 상처는 마음에도 무릎에도 딱지가 생겨 떨어지고 아문다. 고민한다고 해서 당장 나아지진 않지만 고민하지 않고 살아간다는 건 청춘에 대한, 젊은 날에 대한 방관인 거 같아 계속 고민하고 생각했다.

같은 실수를 반복하지 않는 훌륭한 어른이 된 건 아니지만, 고민에만 머물러 있지 않고 겁나더라도 행동하고 시도해보며 사는 어른이 되었다. 그리고 또 하나 알게 된 아주 크고도 중요한 사실이 있다. 바로 '넘어지는 이유'이다. 어딘가에 걸려 넘어질 때도 있지만 주로 제 발에 걸려 넘어진다는 사실이다.

얼마 전에는 합정역 계단을 거의 구를 듯이 넘어졌다. 몇

계단을 떨어지며 이대로 떨어졌다간 뼈가 부러질 거 같다
는 불안감이 들어 짧은 순간 몸을 틀고 손으로 오른쪽 계단
봉을 잡아 착지에 성공했다. 안타깝게도 다리는 삐었지만,
대참사는 막을 수 있었다.

자주 넘어지니 이제 착지법도 익히는구나.

이 얼마나 큰 발전인지.

스스로 기특해 다리를 절룩이면서도

오늘의 착지 감각을 잊지 말아야지, 생각했다.

이렇게만 착지한다면

다시 넘어져도 상처가 적을 것이다.

그리고 이렇게 익힌 착지법에 대해 글을 쓸 수 있으니,
얼마나 근사한 일인가. 넘어지고 다치더라도 다시 일어설
수 있고 시간이 지나면 상처도 아물고 딱지가 떨어진다는
사실을 알고 있으니 얼마나 다행인가.

넘어지지 않는 게 가장 좋겠지만 넘어지지 않을 수는 없
다. 그러니 넘어지지 않겠다 다짐했는데도 또 넘어지면 자
책하며 괴로워하기보다 '다음에 또 넘어질 수 있어'라고

인정하고 착지법을 익히거나 옷에 묻은 먼지를 툭툭 털며 일어서는 편이 더 좋다.

나는 앞으로도 종종 넘어질 거니까. 그런 나를 아니까. 더불어 한쪽 발에 걸리는 순간 다른 발을 앞으로 디디면 휘청거리며 넘어지지 않는다는 것도 알게 되었으니까. 외면하고 싶고 바꾸고 싶은 부족한 부분까지 끌어안는다는 건 스스로 행복해지려는 것을 포기하지 않는다는 의미 아닐까.

"네가 웃으면 언제든 봄이 와."

올해 겨울은 유독 눈이 많이 내렸다. 밤에 자고 일어나 창을 보면 나무도 지붕도 거리도 하얗게 변해 있는 날이 많았다. 하루는 작업실에서 연달아 세 건의 미팅을 했다. 사람을 많이 만나는 날은 작업을 할 에너지가 남지 않아 미팅 일정은 가급적 하루에 몰아 잡는다. 다른 날 작업 시간이 많이 확보되기 때문에 좋아하는 방식이다. 그러나 단점이 하나 있다. 저녁이 가까워 올수록 피로도가 높아져 눈이 풀리고 스르르 감긴다는 것이다.

"어, 눈 온다."

오후 다섯 시쯤, 마지막 손님이 돌아가고 창밖을 보니 영화처럼 펑펑 눈이 내리고 있었다. 소복소복 내리는 눈을 보며 낭만적인 기분이 들어 정성껏 음악을 골라 재생했다.

느긋하게 작업을 마무리하다 보니 창밖은 어둑해졌고 눈은 그칠 기색이 없었다. 낭만이 순식간에 여차하면 집에 가지 못할 것 같은 불안으로 바뀌었다.

서둘러 노트북을 가방에 넣고 작업실 불을 끈 뒤 주차장으로 나왔다. 차는 두툼한 하얀 이불을 덮고 있었다. 눈을 쓸어 내리고 시동을 켰는데 심상치 않았다. 차만 아니라 길도, 도로도, 눈에 보이는 모든 사물들에 하얀 이불이 덮여 있었다.

따뜻한 실내에서 낭만적으로 보이던 거리가 위협으로 다가왔다. 피로에 잠긴 두 눈에 간신히 힘을 주며 평균 시속 10킬로미터로 겨우 기어 네 시간 만에 집으로 돌아왔고, 이틀을 끙끙 앓았다.

'봄은 언제 오나. 겨울이 이리 길어서야, 눈이 이리 많이 와서야 어찌 편히 다닐 수 있으려나. 두터운 옷차림도 불편하고 눈이 녹아 구정물이 흥건한 것도 불편하고. 미끄러워서 걸어 다니기도 불편한데. 봄은 대체 언제 오나.'

앓으며 내내 투덜거렸다. 투덜거린다고 눈이 그치는 것도, 봄이 오는 것도 아닌데 투덜거리는 일밖에 할 일이 없는 사람처럼 불평을 쏟아냈다. 날이 지나고, 쌓인 눈은 녹았지만 눈이 펑펑 내리는 날은 또다시 찾아왔다. 자주 내리는 눈을 보다 보니 불평할 생각도 없이 눈에 적응하기 시작했다. '겨울이 원래 이렇지', '눈이 이렇게 많이 오니 겨울 나라에 여행 온 거 같아'라며 발목이 긴 부츠를 꺼내 신고 뽀드득 밟히는 눈길을 걸었다.

생각을 조금 바꾸니 불안과 불만은 다시 계절의 낭만이 된다. 그리 생각하며 나무에 쌓여 있는 눈을 구경하며 사진을 찍다 문득 탄성이 나왔다.

꽃이, 피어 있었다.
마른 나뭇가지에 하얀 눈이 곱게 내려앉아
햇살을 받으며 반짝반짝 빛나는 눈꽃으로 피어 있었다.
목화솜인 듯, 안개꽃 다발인 듯, 목련인 듯
사방에 만개해 있었다.

봄은 언제 오나 했더니 여기 있었구나.
봄꽃은 언제 피나 했더니 여기 피어 있었구나.
기쁜 마음에 소리 내어 헤헤, 웃었다.

사실은 이 말이 듣고 싶었어

겨울 눈꽃의 다정한 말을 들으며

시린 손을 주머니에 넣고 파란 하늘을 바라봤다.

추운 겨울이, 세찬 바람이 두렵지 않았다.

'너의 웃음이 나의 계절이야.

네가 웃으면 언제라도 꽃이 피지.

네가 웃으면 언제나 봄이야.'

"따뜻한 밥 한 끼로
만사가 풀리는 날도 있지."

작가라는 직업을 갖다 보니 혼자서 작업하는 시간이 많다. 혼자 일하다 먹는 것은 주로 간편하게 먹기 좋은 샐러드, 샌드위치, 김밥, 떡볶이 정도다.

가끔 할 일이 많으면 집에서 삶은 계란, 스틱 야채, 두유, 브로콜리, 과일같이 간단히 먹을 수 있는 것들로 도시락을 싸 간다. 집중하다 보면 끼니 시간을 놓칠 때가 종종 있어 속 버리지 않으려고 도시락을 열어 의식적으로 조금씩 자주 먹어준다.

그러다 너무 지친 날이면 몸에 영양을 공급해주고 싶어 근처 백반집으로 가 생선구이나 한식을 사 먹곤 한다. 밥과 함께 나오는 엄청나게 많은 반찬에 어김없이 감동한다. 집에서 내가 하나하나 만들려면 시간과 공이 꽤 들어가는 반찬들이 정갈히 놓인 밥상을 받는 순간, 스스로를 대접하는 기분이 들어 황홀해진다.

아, 오늘은 내가 나에게 대접하는 날이구나. 오늘 하루도 성실하게 수고했으니, 맛있게 먹고 힘내야지. 뇌를 많이 써 피곤했던 몸에서 금세 아드레날린이 뿜뿜 뿜어져 나오며 행복감이 차오른다.

오늘은 다이어트를 하겠다고 저녁을 두유와 바나나로 대체하려 했지만, 작업을 끝낸 뇌는 너덜너덜해져 탄수화물을 달라고 시위하기 시작한다.

몸의 지시에 반응해 작업실 밖으로 나선다. 간단히 김밥이나 먹으러 가야지, 생각하며 지나다 혜원식당의 '오징어철판덮밥' 일곱 음절에 시선이 꽂힌다. 그 글자만 크게 확대되어 동공 앞까지 와 있다. 홀린 듯 글자를 따라 들어가 식사를 주문한다.

젓가락으로 조심스레 나물 한 입 먹고 씨익 웃고, 버섯 하나 집어 먹고 감탄하고, 멸치 하나 입에 넣고 동시에 깍두기를 바라본다. 깍두기를 입에 넣고 오물오물, 오뎅 두 개 동시에 집어 야무지게 먹는다.

다섯 알 나온 소시지와 네 알 나온 메추리알 장조림도 하나씩 꼭꼭 씹어 음미한다. 오늘의 주인공 오징어 철판 덮밥을 후후 불어 먹으며 직접 차리지 않고 설거지하지 않아도 되는 밥상에 새삼스럽게 감탄한다.

꼭꼭 씹어 먹으며 밥상의 가성비에 감동해 작업실에 오면 맨날 이 식당에 와야지, 다짐도 한다. 이렇게 만족스러운 식사를 한 날은 되도록 카드를 긁지 않고 현금으로 밥값을 낸다.

1인분의 식사에도 여러 반찬을 내어준 덕에 나에게 따뜻한 밥을 대접하는 소중한 시간을 보내도록 해준 가게에 작은 도움이 되고 싶다.

많이 지친 날, 나에게 따뜻한 식사를 대접하며
몸과 마음에 동시에 온기를 불어넣는다.

내가 나를 사랑해야 남들도 나를 사랑해주고
스스로를 소중하게 대접할 줄 알아야
남들에게도 따뜻한 대접을 베풀 수 있다.

사실은 이 말이 듣고 싶었어

음식도 여러 가지를 먹어본 사람이

다양하게 잘 먹는 방법을 알듯

사랑도 받아본 사람이 더 다정하게 사랑할 수 있으니까.

그 마음을 나눌 수 있으니까.

"자고 일어나면 다 괜찮아질 거야."

잔뜩 얽혀 풀어볼 시도조차 하기 어려운 실타래처럼
머릿속이 복잡하다.
고민할 일, 생각할 일, 처리할 일, 해결해야 할 일,
의견을 제시해야 하는 일, 서류를 작성해야 하는 일,
오늘까지 써 보내야 할 원고까지……
무얼 먼저 시작해야 할지 생각하다 과부하가 걸려버렸다.

지금 당장 급한 불부터 간신히 끈 뒤 허공을 바라본다.
눈앞이 멍하다.
고민해도 해결되지 않는 문제들에
뜨거워진 머리를 식혀야겠다.
'커피 사러 다녀올까'라고 생각은 드는데

사실은 이 말이 듣고 싶었어

몸이 움직이지 않는다. 귀찮다.
꼼짝도 하기 싫은 게 아니라 꼼짝하지 않는다.

아무래도 안 되겠다.
이럴 땐 일단 잠을 자야겠다.
충분한 휴식을 취해주고 나면 상쾌하고 말랑해져서
더 즐겁게 할 일을 해낼 수 있는 에너지가 생길 거야.
일단 오늘은 그만 고민하고 자고 나서, 내일 생각하자.

내일은 내일의 해가 떠오르듯
내일은 또 다른 즐거운 일들로
이 고민을 밀어낼 수 있을 거야.

근심 걱정이 생기면 일단 잠을 푹 자보자.
걱정하느라, 고민하느라 피곤했으니
푹 자고 일어나 다시 생각해도 된다.

자고 일어난 후에는
근심과 걱정을 꿈속에 남겨두고

개운하게 돌아올 수 있을 거라 기대한다.

꿈속에 두고 온 감정들에 조용히 이불을 덮어주고

나는 새 감정을 입을 것이다.

사실은 이 말이 듣고 싶었어

"당신은 파도와 함께 살아가는 멋진 사람."

어떤 시기의 나는 스스로 자각하지 못한 채 깊은 파도 한가운데를 살고 있었다. 지극히 평화롭고 괜찮다 느껴지는 어떤 날에, 일상의 편안함이 너무도 단정하고 아름다워 비현실적이라 느껴지는 그런 날에 뜻밖에 거센 파도가 들이쳤다.

들고 나야 하는 게 파도인데 가지는 않고 때리기만 했다. 잔뜩 젖어 고통 속에 아파 울고 있었다. 고통스러울 정도로 힘들었지만 누구에게도 속마음을 털어놓을 수 없었다. 내가 듣고 싶은 말을 해줄 이가 눈에 보이지 않았다. 젖기만 할 수 없어, 침몰될 수 없어 겨우 몸을 일으켜 앉아 내가 듣고 싶은 위로의 말을 모아 글을 썼다.

종이 위에 마음을 풀어놓다 보니 어느새 상처가 조금씩

아무는 것이 느껴졌다. 한 번도 입 밖으로 꺼내지 못한 이
야기를 솔직하게 털어놓을 수 있었고, 단어와 문장으로 마
음을 문자화하며 비로소 상처를 마주볼 수 있었다.

글을 쓰며 일상은 반질반질해졌고, 스스로 날갯짓을 하
기 시작했다. 파도에 잠식당하지 않기 위해 더욱 일상의
소소한 기쁨을 발견해내기 시작했다. 그런 행위들을 통해
내면을 들여다보며 몰랐던 진짜 나를 알게 되었다. 『데미
안』의 글귀처럼 알을 깨고 나올 수 있었다.

"새는 알을 깨고 나온다.

알은 새의 세계이다.

태어나려는 자는 한 세계를 깨뜨려야 한다."

'쓴다'는 것은, '고백'하는 것이다. 마음에게 말을 거는
자기 고백의 글쓰기는, 나를 성찰하게 한다. 누구에게도
말하지 못했던 이별의 아픔, 슬픔, 고민을 글로 쓰는 순간,
상처를 당당하게 마주 보며 마음을 풀어놓는 행위를 통해
마음이 치유되는 것을 느낄 수 있다.

우리는 종종 낯선 사람으로부터 가장 뜨거운 위로를 받
는다. 내가 나에게 낯선 상대가 되어주는 건 어떨까. 나 자

신과 크게 한 걸음 정도 거리를 두고, 마치 다른 사람을 보는 것처럼 내 주변에서 벌어지는 일들을 지켜보는 것이다. 다른 사람과도 적정 거리가 필요하다지만, 사실 나 자신과의 적정 거리도 필요하다.

내 감정에 침몰하지 않고

그로부터 멀찍이 떨어져 바라보는 순간,

비로소 나를 둘러싼 세상이 보일지도 모른다.

오늘은 내가 나에게 대접하는 날이구나.

나 참 수고했다.

오늘 하루도 성실하게 수고했으니,

맛있게 먹고 힘내야지.

"날이 참 좋다. 같이 나가서 걷자."

걱정을 한다고 걱정이 사라진다면 얼마나 좋을까.
고민을 한다고 고민이 해결된다면 얼마나 좋을까.
걱정을 하고 고민을 해서 해결되는 일들도 많다.
그러나 하루에도 몇 번이나 크고 작은 일들을
선택하고 결정하며 살아가는 우리들이다.

그중 해결되는 고민과
해결되지 않는 고민들이 있음을 안다.
해결할 수 있는 고민은 끌어안고
어떻게든 풀어내면 되지만
당장 해결되지 않는 고민들에 사로잡혀 있다 보면
해결방안을 모색하기보다 걱정 그 자체에 매몰되어

사실은 이 말이 듣고 싶었어

한없이 무기력하고 우울해지고 몸이 아파온다.

어제의 고민이 끝나지도 않았는데 새 고민이 생기고

해내야 하는 일들은 많은데 하루를 살아내며

내 마음 하나 제대로 감당해내기가 참 어렵다.

고민이 덩어리가 되어 목 끝까지 차올라

걱정에 잡아먹히기 전에 일단 걸으러 나가자.

날씨가 춥다면 채비를 단단히 하고,

날씨가 덥다면 물 한 통 손에 들고

날이 좋다면, 날을 즐길 준비를 하고 걷자.

매일 다니는 그 길을 몇 정거장 먼저 내려 걸어도 좋다.

일부러 공원이나 식물원 같은 곳에 가도 좋다.

최소한 한 시간 이상은 걸어보자.

빨리 걷고, 느리게 걷고는 중요하지 않다.

각자 자신의 보폭에 맞추어 걸으며 주변을 둘러보자.

시간대별로 달라지는 하늘의 표정도 보고

걸으며 마주치는 사람들의 표정도 보자.

온도, 습도, 공기, 햇살, 바람을 만끽해보자.

기왕이면 양팔도 신나게 흔들며 걸어보자.
음악을 들으며 걷다 좋아하는 곡이 나오면
몸을 흔들어보아도 좋다.

아침의 산책길,
한낮의 산책길,
오후의 산책길,
밤의 산책길 모두 좋다.

걷다 보면 걱정도 줄어들고
해결이 필요한 시간까지 걸으며
기다리는 인내심이 생긴다.

어쩌면 나도 모르는 사이에
고민거리가 해결되고 있을지도 모른다.
실컷 걷고, 땀 흘리고, 개운하게 샤워하고 자고 나면
새로운 길이 보일지도 모른다.

사실은 이 말이 듣고 싶었어

새 길이 보일 거라는 걸 당신이 모르고 있을지도 모른다.

그리 오래 살아보진 않았지만
어차피 모르는 게 인생인 거 같은데,
모르니까 일단 걸으며 오늘의 마음을 달래주자.
달래주다 보면 고민이 즐거움으로 바뀔지도 모른다.

자, 이제 그만 혼자 고민하고 밖으로 나가
햇빛을 보고 공기를 마시고 걷자.
생각의 실타래도 걸음에 맞추어 슬슬 풀어져
바람으로 휘발되도록.

"적게 일하고 많이 버세요."

"설렁설렁 일해. 너무 열심히 하지 말구!"

"나 내년부터 진짜 한량처럼 일할 거다."

나처럼 열심히 일하는 작업실 동생에게 내년부터는 살살 일하자고 이야기했더니, 그가 웃으며 말했다.

"누나 작년에도 똑같이 말씀하셨어요."

맞다. 작년에도 같은 말을 했구나. 일하는 걸 좋아해서, 인생의 희로애락을 일로 해소하곤 하지만 역시나 일을 많이 하는 건 힘들긴 하다.

'살살 해야지', '조금만 일해야지'라고 생각하지만, 생각과 다르게 지금 할 수 있는 일이 너무도 고마워 매 순간 일에 몰두해 모든 에너지를 쏟아붓게 된다.

그렇지만 올해는 농담 섞인 진담으로 해의 끝에서, 해의 시작에서, 해의 중간쯤에서 덕담을 빌어주어야 할 기회가 생기면 잊지 말고 말해주어야겠다.

"올해는 적게 일하고 많이 버세요."

과연, 언제 실현될지 모르겠지만 생각만 해도 간질간질하고 기분 좋아지는 말이다.

"적게 일하고, 많이 벌어요.

건강하게 하고 싶은 일 많이 하세요."

모두에게 외치고 싶다.

"잘하고 있는지는 모르지만,
매일 조금씩 자라고 있어."

만약 이 세상에서 무엇이든 딱 하나만 하고 싶은 일을 할 수 있다고 하면 무엇을 선택할까?

지니의 요술램프처럼, 누군가 조건 없이 당신의 인생에 선물을 준다면 주저 없이 가장 먼저 떠오르는 일이 무엇인가? 왜 그 일을 하면서 살고 싶은가? 지금 그 일을 하면서 살고 있나? 살고 있다면 큰 행운이고, 살지 못한다면 그럴 수밖에 없는 이유가 있을 것이다.

하고 싶은 일과 할 수 있는 일, 해야만 하는 일들이 일치한다면 참 좋겠다만 실제로 그렇지 못한 경우들이 많다. 세 가지의 간극을 좁히기 위해 노력하는 상황이라면 그마저도 대단한 용기를 낸 시도를 하고 있는 것이다.

얼마 전, 외주로 일을 의뢰한 팀과 식사를 했다. 한창 즐겁게 이야기를 나누는데 디자인 담당자가 곧 퇴사한다고 했다. 올해 서른이 된 그는 상업을 위한 그림이 아닌, 자신이 원하는 그림을 그리고 싶다고 했다. 그리고 유명해지고 싶다고 했다. 상기된 그의 이야기를 듣다 문득 궁금해져 물었다.

"유명해지고 싶은 마음과 그림을 그리고 싶은 마음 중 뭐가 먼저인가요?"

그는 단숨에 대답했다.

"유명해지고 싶어요."

그의 대답을 듣고 다시 물었다.

"유명해지면 좋은가요?"

"네, 좋을 거 같아요. 제가 잘하는 게 그림인 거 같아서 제 그림을 인스타에 올려서 유명해지고 싶어요. 전시도 하고 싶고, 아트 상품도 만들어 팔고 싶고, 책이나 음반 작업에 콜라보도 하고 싶어요. 근데 지금 회사에서는 제 그림을 그릴 시간이 없어요. 그래서 퇴사를 하려고 해요."

유명해지고 싶고, 그림을 그리고 싶고, 창작을 위한 시간이 나지 않는 회사를 나오고 싶은 마음이 모두 무엇인지 잘 안다. 나 역시 회사를 다니던 시절이 있었고, 그때는 글을 쓰고 읽을 수 있는 시간이 적어 너무도 답답했으니까.
그래서 나도 퇴사를 했었다. 처음엔 금세 유명해지고, 적
절한 수입도 생기고, 쓰고 싶은 글도 마음껏 쓸 수 있을 줄
알았다. 그렇게만 된다면 더없이 행복할 것 같았다.

하지만 늘 그렇듯 이상과 다른 현실의 벽은 너무도 차가
웠고, 주어진 기회는 적었다. 고통스럽고 힘들었다. 가장
아름다운 이십 대를 아름다운 줄도 모르고 글을 쓰면서 방
황했다.

쓰고 싶은 글과 쓸 수 있는 글 사이에서 괴로워했다. 슬
럼프야 종종 있지만, 이 일을 그만해야 하나 싶을 만큼 아
주 심각하게 슬럼프를 겪기도 했다. 재능이 없는 것만 같
았다.

깊은 고민의 시간을 지나고 나서 내린 결론은
"하고 싶은 일을 내가 할 수 있는 일로 먹여 살리자",
"글을 쓸 수 있는 오늘을 사랑하자"였다.

그렇게 마음먹으니 생계를 위한 일을 할 때도 즐거워졌
다. 이 일을 함으로 인해, 내가 정말 좋아하는 글쓰기를 하

도록 나를 먹여 살릴 수 있는 것이다. 글쓰기의 순간도 더욱 소중해졌다. 이토록 애정하는 일을 하기 위해 다양한 일을 하고 있으니 얼마나 고마운가. 작업을 할 수 있는 모든 날들이 기쁨이 되자 일에 대한 슬픔도 기쁨이 되었다.

그런 시간들을 보내며 글을 쓸 수 있는 오늘 그 자체가 꿈이고, 행복이라 생각했다. 작업하는 순간을 즐거워하고, 글에 대해 더욱 진지한 고민을 하기 시작했다.

요즘은 "꿈이 뭔가요?"라고 묻는 질문에 "오늘처럼 쓰며 사는 거요"라고 답하게 되었다. 오늘처럼 변함없이 쓰기와 읽기를 애정하고 건강에 무리 없이 작업할 수 있으며, 그로 인해 다양한 일들을 병행할 수 있음이 좋다.

지나온 날들을 잠시 생각하다 그에게 말했다.

"유명해지고 싶은 마음은 너무 좋은데, 일단 그림을 그리고 싶은 마음이 먼저고 내 그림을 사랑하는 마음이 먼저라면 더 좋을 거 같아요. 아티스트가 자기 작업을 좋아하는 열정이 있다면 그 열정에 매료되어 작품에도 끌리는 거 같아요."

유명해지고 싶은 마음으로 그림을 그린다면 버텨내기

힘들겠지만, 하고 있는 일을 진심으로 좋아하는 마음은 뜻 대로 되지 않는 상황들을 견디도록 중심을 잡아준다. 가지고 있는 이상이나 꿈이 너무 크면 아주 작은 순간의 시행착오와 현실의 고단함을 자칫 간과하기 쉽다. 매일 그리는 선이 모여 실력이 된다.

성장은 사실 이런 순간들을 견디는 힘에서 나온다.
그저 눈부시게 살고만 싶은 사람에게
이런 사실은 견디기 힘든 고통일 수도 있다.
때문에 너무 먼 미래를 살지 말고
바로 지금 오늘을 살아내야 한다고
몇 번이고 말하는 것이다.

팍팍한 삶 속에서 미래를 성장에 필요한 빈 여백으로 남겨두자. 빈 여백이 있다는 건 아직도 자랄 수 있는 시간이 많다는 뜻이니까. 잘하고 있는지는 모르겠지만 노력하며 자라고 있다. 품이 넓은 나무처럼 천천히 팔을 뻗어 더 자랄 것이다. 그리고 잘하고 있다고, 앞으로도 잘할 수 있다고 자주 위로하고 격려해주자.

사실은 이 말이 듣고 싶었어

무언가를 시도하는 것만으로 당신은 오늘도 조금 자라고 있다. 시도하고 있으니 자라고 있고, 잘할 수 있을 거라는 확신을 잃지 않는다면 어느 날 바라던 꿈속을 살고 있을 거라 믿는다.

시도하고 있으니 자라고 있고,

잘할 수 있을 거라는 확신을 잃지 않는다면

어느 날 바라던 꿈속을 살고 있을 거라 믿는다.

"오늘 나의 기분은 내가 정하는 거야."

일요일이다. 주말의 달뜬 열기가 있는 일요일의 전철은 평일과 분위기가 다르다. 여행을 떠나는 이들이 탄 기차 같달까. 즐겁고 생기가 넘친다.

나도 기분을 내며 사람들과 걸음을 맞춰 홍대 녹음실로 가기 위해 지하철역으로 향했다. 팟캐스트 게스트로 초대되었는데, 모두의 스케줄을 맞추기 위해 일요일 오후 네 시에 녹음을 한다.

전날 저녁 강연을 한 뒤 늦게 집에 들어오는 바람에 아직 잠이 깨지 않았다. 일요일에도 일이라니 몸이 무겁다. 일을 일이라 생각하고 싶지 않아 이 길을 짧은 여행이라 생각하기로 한다. 좀 전에 마신 커피의 잔향을 맡으며 눈은 반쯤 감은 채로 전철에 올랐다.

운 좋게 자리에 앉아 소설을 읽다 고개를 드니 지하에 있던 열차가 지상으로 나오고 있었다. 지하에서 지상으로 나오는 초록 열차 안에서 밖을 바라보는 짧은 순간, 머릿속이 아득해진다.

2호선 강변역에서 멀지 않은 동네에 오래 살았다. 집에서 강변역까지 가려면 마을버스를 타고 두 정거장을 가야 했는데 올림픽대교를 건너 강변역으로 가는 차창 밖 풍경이 마치 여행길 같아서 걸어갈 수 있는 가까운 버스 정류장을 두고 일부러 강을 건너는 전철을 탔다.

오른손잡이인 나에게는 강변역에서 동대문 방향으로 향하는 전철이 오른손인 느낌이고, 반대편이 왼손 같다. 떠난 지 오래되었지만 아직도 강남에서 환승해 합정 방향으로 가는 전철을 탈 때면 방향을 거꾸로 거슬러 가는 기분이 든다. 오랜 습관이라는 게, 익숙함이라는 게 꽤 질기다.

2호선엔 추억이 많다. 대림역, 강남역, 역삼역, 삼성역…… 우연찮게도 다니던 직장이 대부분 2호선 근처였다. 여의도역이나 신사역으로도 출근했지만, 유독 2호선으로 출근한 기억이 더 뚜렷하게 남아 있다. 예전에 구직을 할 때도 지원하려는 회사가 2호선 근처에 있으면 왠지 아는 사람이 있기라도 한 것처럼 친근했다. 2호선을 오가며 보낸 시간들이 책장처럼 후루룩 머릿속에서 넘어간다.

낡은 초록색 열차가 덜컹거리며 달리는 길에서 지금보다 조금 더 기운이 넘치던 시절의 내 모습이 떠올랐다. 하나라도 더 손에 넣고 싶어 매일 스스로를 괴롭히면서도 얼굴에서 웃음이 떠나지 않았던 날들. 평온하게 지나가는 일요일 차창 밖 풍경 속에서 그날들이 스쳐 지나간다. 결국 펼쳐 놓았던 소설을 덮었다.

"다음 역은 합정, 합정역입니다. 내리실 문은 오른쪽입니다."

안내 방송을 듣고 시계를 보니 녹음 시간까지 한 시간 정도 남았다.

문득 내 안에서 행복을 찾지 못하면,

어디서도 찾을 수 없다는 생각에

전철역을 빠져나오는 발걸음에 힘이 실린다.

오늘도 분명 좋은 하루가 될 것이다.

사실은 이 말이 듣고 싶었어

분명 좋은 기억으로 남는 하루가 될 것이다.

기억을, 그리고 오늘을 만끽하러 걸어야겠다.

"배가 고프다면 아직 괜찮다는 증거야."

익숙한 길을 걷다 일부러 길을 잃고 싶을 때가 있다.
나에게 실망한 날이 어김없이 그렇다.

매일 가는 길이 지루하게 느껴질 때,
시시하고 지루한 나에게 실망스러울 때,
끝도 없는 우울이 잠식해 꼼짝할 수 없을 때,
해결할 자신도 용기도 없으면서 벗어나고 싶을 때,
흠과 오류투성이인 내가 당혹스러울 때,
아닌 걸 알면서도 가고 있는 내가 한심할 때
깜깜한 미로에 빠진 기분으로 참담히 서 있다.

목적지가 아닌 동네로 버스를 타고 간다.

사실은 이 말이 듣고 싶었어

지도도 끄고, 표지판도 읽지 않고,

지나는 이에게 길을 묻지도 않고 무작정 걷는다.

낯선 길을 걷다 보면 몸 안의 감각들이 예민해진다.

어디로 가야 할지 모르니 주변을 살피고,

찬찬히 간판을 읽으며, 거리의 풍경에 집중한다.

여기는 어디지? 해방촌이구나.

빌라가 많은 골목길인데,

맛있는 이 냄새는 어느 집에서 나는 거지?

벌써 저녁 준비를 하고 있나 봐.

창문이 큰 이 집에 사는 사람은 어떤 사람들일까?

내가 이 동네에서 산다면 어떨까.

어느새 배가 고파져 피식, 웃음이 난다.

허기가 우울보다 센 거 보니, 아직은 나 괜찮구나.

엉망진창이면 어때. 흠이 있고 실수투성이면 어때.

일부러 길을 잃고 헤매는 시간도 있는데

진짜 헤매면 좀 어때.

헤매면서도 길을 가는 걸 멈추지 않는다면

언젠가 길이 나올 거고,

길의 끝에서 무언가 보이는 게 있겠지.

실수투성이여도 괜찮아.

시시하고 조금 흠이 있어도 괜찮아.

서투른 나에게 실망하는 날도 필요해.

그런 날들이 지나면 어느샌가 감정에 휘말리는 대신

천천히 방법을 찾아가는 나를 만나게 될 거야.

사실은 이 말이 듣고 싶었어

"마음의 표정을 갈아입어요."

외출하려고 옷을 갈아입기 시작한다. 옷장을 열어 휘 둘러본다. 옷은 많은데 입을 게 없네. 옷장은 옷을 잡아먹는 괴물인가. 옷장을 뒤적이다 작년에 사서 몇 번 입지 않은 쨍한 파란색 상의를 입었다. 이상하다, 칙칙하다. 이번엔 분홍색 니트를 입어본다. 이상하다, 또 칙칙하네.

꽃무늬를 입으면 괜찮을 거라는 오기를 부리며 옷장을 헤집어보지만 얼굴에 무얼 갖다 대어 보아도 칙칙하다. 옷이 날개라는데, 나란 사람은 날개를 달 깜냥도 안 되는 걸까 괜히 시무룩해진다. 그러다 퍼뜩 깨닫는다.

'아, 옷의 문제가 아니다. 마음의 문제다.'

어제는 화가 나는 일들이 많았다. 화는 나지만 매 순간

무턱대고 화를 낼 수 없어 꾹꾹 눌러 참았다. 속은 부글부
글 끓지만 억지로 참다 보니 밤이 깊어서 결국 마음은 갈
라지고 다쳤다. 잔뜩 굳은 표정으로 잠자리에 들었다.

어제 상한 마음이 풀리지 않은 채로 아침을 맞이했으니,
얼굴에는 당연히 화가 난 굳은 표정이 장착되어 있다. 어
딘가 불편하고 불만스러운 표정으로 거울을 노려보니, 옷
까지 미워 보인다.

'안 되겠다. 마음부터 옷을 갈아입어야겠다.'

거울을 보며 이빨까지 드러내며 미소를 지어 보인다. 가
까이서 보니 눈가며 입가에 주름이 자글자글 잡히지만 뭐,
괜찮다. 기분이 조금은 누그러지는 것 같다. 이번엔 나를
보며 말을 해본다.

"누군지 참 예쁘다. 날씨는 흐려도 기분은 좋네. 아주 최
고야, 아하하하."

큰 소리로 웃다 보니 진짜 기분이 좋아졌다. 살짝 정신
나간 사람처럼 보이긴 하지만, 원래 인생은 살짝 나사가
풀려야 편안한 법이다. 다시 거울을 보니 옷을 갈아입지
않았는데도 훨씬 편안해 보인다. 화나는 일이 생기는 건
어쩔 수 없지만 이 일을 오랫동안 끌고 갈지, 흘려보낼지

는 선택할 수 있으니 다행이다.

오늘 내 마음에는 '햇살 가득 맑음'을 골라 입는다.

무슨 일이든 다 잘 풀릴 거다.

이렇게 예쁜 옷을 입고 나가니까.

"내가 열심히 했다는 건,
내가 제일 잘 알아."

마음을 안아주고 싶을 땐 양팔을 크게 벌린다.
일단 기지개를 시원하게 켜고
어깨를 앞뒤로 굴려가며 풀어준다.

팔과 목이 편안해졌다면
양팔을 교차시켜 오른손은 왼쪽 가슴 위에,
왼손은 오른쪽 가슴 위에 올려둔다.
가만히 눈을 감고 심장이 뛰는 감각을 느낀다.
심장이 빨리 뛸 때는 심호흡을 크게 한다.
심장이 느리게 뛰면 걸음을 걸어본다.

양손을 살짝 들어 가슴을 토닥토닥해준다.

사실은 이 말이 듣고 싶었어

마음에게 안녕.

마음아, 수고했어.

오늘 하루도 잘 살아내느라

거친 세상에서 잘 버텨내느라

지치고 힘든 일상에서도 웃음을 찾느라

하고 싶지 않은 일을 하며 버티느라

하고 싶은 일을 하며 고단함에 눈물짓느라

삶이 주는 심술과 시련에도 무너지지 않느라

사소한 말로 받은 상처에도 괜찮은 척하느라

너무도 수고했어.

내 마음 내가 먼저 알아줘야지.

내 마음을 향해 따뜻한 말 한마디를 건네며,

다시 내일을 살아갈 힘을 얻는다.

잘하고 있는지는 모르겠지만

노력하며 자라고 있다.

품이 넓은 나무처럼 천천히 팔을 뻗어

더 자랄 것이다.

잘하고 있다고, 더 잘할 수 있다고

스스로 자주 위로하고 격려해주자.

넘어지고 다치더라도
다시 일어설 수 있고,

시간이 지나면
상처도 아문다는 사실을
알고 있으니 얼마나 다행인지.

내 마음속
모든 감정을
끌어안으며

Messages for My Emotions

"울퉁불퉁한
감정들이
부드럽게 마모되어
지금의 나를
만들어주었다.

내 마음속
그 모든 감정에게
고맙다."

"나라는 사람을 알고 나니
어른이 된 것 같아."

학창 시절의 나는 참 우울했고, 유연하지 못했다. 친구를 어떻게 사귀어야 하는지 몰랐고, 관계를 유지하는 법에도 서툴렀다. 혼자 책만 읽다 보니 문장 속에 갇혀 있는 아이 같았다. 그러면서도 어제까지 같이 놀던 아이들이 조금이라도 나를 피하는 기색이 보이면 마음이 덜컹 내려앉았다.

초조한 마음을 티 내지 않으려 애쓰면서 아이들이 매점이나 화장실 갈 타이밍에 눈치를 봐 따라 나갔다. 화장실에 가서도 볼일을 보고 늦게 나가면 뒤처질까 봐 변기 위에 앉아 꾹 참았던 적도 있었다. 쉬는 시간 10분간 혼자 남겨지는 것이 그렇게도 두려웠다.

매사에 자신감 없고 불안했지만 겉으론 씩씩하고 용감한 척했다. 일부러 더 크게 웃고, 밝은 척했다. 내가 재미있게 해주거나 웃고 있으면 친구들이 곁에 와줄 것 같았다. 그러다 혼자 남겨지면 공허한 마음에 책 속으로 도망을 쳤다. 글자 속에선 어려운 관계 때문에 고민하지 않아도 되고, 다른 세상 이야기에 푹 빠져 안온한 울타리 안에 있으면 되니 그저 편했다.

사람들과 어울리지 않고 조용히 앉아 책만 읽고 싶은 날이 많았다. 책을 읽을 땐 즐거웠지만, 현실로 돌아오면 고민이 시작됐다. 나도 이런 내가 싫은데, 사람들은 얼마나 내가 싫을까. 유쾌한 척하는 나와, 불안한 내면을 가진 진짜 나는 매번 충돌했다.

친구들이 모두 좋아하는 아이가 부러웠다. 구김 없는 그 아이는 햇살 가득한 집안에서 사랑을 듬뿍 받으며 잘 자라 화사하고 깨끗한 냄새가 났다. 일부러 밝은 척하지 않아도 자연스럽게 밝았다. 햇살과 바람을 혼자 머금은 것 같은 그 아이가 가정에서 많은 사랑을 받고 행복하게 사는 광경을 그리며 참 부러웠다.

나는 다림질이라곤 한 번도 해보지 않은 낡고 허름한 천이라면, 그 아이는 갓 세탁기에서 나와 환한 햇살에 말려 좋은 냄새가 나는 하얀색 천 같았다. 그래서 일부러 그 아이 곁에만 가면 더 밝은 척을 했다. 나의 그늘이 들킬까 봐, 그 아이 곁에 있으면 햇살 한 줌이라도 옮겨 올까 봐.

어느 날 문득, 더 이상 이렇게 살고 싶지 않다는 생각이 퍼뜩 들었다. 살아온 날보다 살아갈 날들이 많은데 억지웃음 말고 진짜 웃음을 찾고 싶어졌다. 내가 부러워하는 햇살 가득한 아이처럼 되고 싶었다.

어떻게 해야 할지 고민하다, 늘 하던 것처럼 책을 봤다. 그전에는 소설, 역사책, 시 등을 즐겨 읽었는데 그 시기엔 자기계발서를 하루에 몇 권씩 읽었다. 정말 간절히 변하고 싶었다. 책을 읽고 하루에 하나씩 따라 했다.

예를 들어 매일 거울을 보고 '하하하' 웃으라고 하면 아침마다 거울 앞에서 웃는 연습을 했다. 앞으로 되고 싶은 자신의 모습을 적어 다니라는 글을 보고는, '보석보다 빛나는 사람'이라는 문장을 잡지에서 오려 몇 년간 수첩에 붙이고 다니기도 했다. 차근차근, 하나씩, 매일매일 따라 하다 보니 1년에 365개의 자신감을 길러주는 습관들이 생겼다.

이즈음부터 사람들과 어울리는 것이 전보다 덜 불편해졌다. 일부러 과장되게 행동하고 집에 돌아와 후회하는 횟

수도 줄었다. (아직도 가끔은 집에 돌아와 이불킥을 하는 일이 있지만.) 재미있는 화젯거리를 적어 외우는 것도 그만두었다. 진짜 내 이야기가 아닌데, 자꾸 반복한들 무슨 의미가 있겠는가. '모임에서 밝은 사람' 이미지를 갖고 싶다는 욕심을 내려놓기로 했다. 굳이 일부러 밝게 행동하지 않아도 끌리는 이들은 자연스레 곁에 오게 되었다.

　태어나는 것, 성장 배경, 성향은 어느 시점까지는 선택할 수 없다. 하지만 어떻게 살아갈지는 선택할 수 있다. 혼자 남겨지는 게 두려워 쉬는 시간에 용변을 참던 아이는 알고 보니 혼자 있는 걸 너무도 좋아하는 사람이었다. 곁에 사람들이 많은 것도 좋아하지만, 그만큼의 시간을 혼자 지내야 더 행복한 사람이었다.

　내면의 우울함을 밀어내고 싶던 아이는 그 우울함을 밀어내고 싶은 욕망으로 인해 책을 읽고 글을 쓰게 되었다. 유난히 씩씩하고 밝게 웃던 아이의 진짜 속마음을 들여다보기 시작하며 억지웃음 아닌 진짜 웃음이 시작되었다. 웃고 싶지 않을 때 웃지 않는 자유로움을 알게 되었고, 웃고 싶을 때 한껏 크게 웃을 줄 알게 되었다. 낡고 구겨진 천을 스스로 세탁하고 다릴 줄 아는 어른이 되었다.

어떤 슬픔으로부터 나를 지켜내는 힘을
가졌는지는 잘 모르겠지만,
애써 밝은 척을 하지 않아도 된다는 것을
알게 되었다는 사실만으로도 참 다행이다.

나를 이해하고 내 마음에 공감한 뒤에야
나는 비로소 내가 편해졌다.
어른이 되는 게 무엇인지 조금 알 것 같았다.
그런 나에게 말해주고 싶다.

"충분히 애쓰고 수고했어.
그동안 나를 지켜내고 살아내느라."

사실은 이 말이 듣고 싶었어

"힘들 때 힘들다고 말하는 건
이기적인 게 아니야."

몇 년간 보아온 B는 다정하고 배려심 많은 사람이다. 자신 때문에 누군가 불편해지는 걸 못 견뎌서 '내가 조금 힘들어도 괜찮아'라며 참아냈다. 약속 시간에 늘 제일 먼저 도착해 자리를 잡았고, 먹고 싶지 않은 음식을 먹었고, 하고 싶지 않은 일도 했다. 대인 관계에서도, 일에서도, 사랑에서도, 가족과 있을 때에도 B는 자신보다 상대방이 먼저였다. 그래야만 마음이 편했다.

어느 날부턴가 B는 가슴이 답답함을 느꼈다. 길을 걷는데 이유 없이 숨이 찼다. 전철을 타니 어지러웠다. 회사에서도 어지럽고 기운이 없어 전처럼 웃지 못했다. 사람들은 처음엔 달라진 B를 걱정했다. 치료를 받아보라며 실력 좋다는 병원을 소개해주기도 했다. 이런저런 방법을 시도해

보았지만 몇 개월이 지나도 나아지지 않았다. 여러 병원을 가보았지만 특별한 건강상의 문제는 찾을 수 없었다. 대부분 '스트레스' 때문이라 했다. 의사들은 스트레스 받지 말고, 잘 먹고, 잘 자라는 처방을 내려주었다.

이유 없이 몸이 고달파진 B는 예전처럼 사람들에게 맞춰주지 못했다. 그러자 걱정하던 주변인들은 이내 불편해하기 시작했다. 배려를 받는 것에만 익숙했기 때문이다. 그들의 불편한 감정을 느끼며 B는 생각했다.

'먼저 잘해주고, 양보해주면 다들 나를 좋아할 줄 알았는데. 그동안 그렇게 살다 고작 몇 개월 힘든 것뿐인데, 사람들은 왜 예전의 나처럼 배려해주지 않지?'

B는 전처럼 사람들을 배려해주고 보살펴주지 못한다는 사실 때문에 자신이 이기적인 사람이라고 느꼈다. 가족을 내가 먼저 챙겨야 하는데, 애인에게 더 잘해주어야 하는데, 회사에서 내가 더 움직여야 하는데. 죄책감까지 들어 B의 마음은 점점 더 병들어갔다.

"힘들 땐 내가 제일 힘든 거예요. 그건 이기적인 게 아니에요."

『죽고 싶지만 떡볶이는 먹고 싶어』 속 한 문장처럼 힘들 땐 내가 제일 힘든 거다. 그로 인해 무언가를 하지 못한다 해서 이기적인 게 아니다. 아무도 나의 힘듦을 이해하고 공감해주지 못한다. 원래 하던 역할을 하지 못한다고 괴로 워해봤자 상황은 바뀌지 않고 본인만 더 힘들 뿐이다. 그 럴 땐 주변을 신경 쓰지 말고 마음껏 힘들어하자. 사람들 이 하는 말, 평가는 시간이 지나면 옅어진다. 거기까지 신 경 쓰지 말고 내 마음 단속에만 신경 쓰자.

혼자 힘들어하고, 이유를 묻고, 내면을 보듬어주는 시간 을 충분히 가진 뒤에도 곁에 있어주는 이들이 진짜 내 사 람이다. 아마도 B의 아픔은 '원인 불명'이 아니었을 거다. 이유는 있지만 그 마음을 보듬어줄 시간에 주변 사람들 챙 기기를 우선순위로 두었을 거다.

물건이 고장 나 오래 방치하면 녹이 슬고 못 쓰게 되듯,
마음도 고장 났을 때 빨리 고쳐주어야 덜 다친다.
그래야 회복할 가능성도 높다.

『죽고 싶지만 떡볶이는 먹고 싶어』, 백세희 지음, 도서출판 흔, 2018년

④ 내 마음속 모든 감정을 끌어안으며

유난히 씩씩하고 밝게 웃던 아이의

진짜 속마음을 들여다보기 시작하며

억지웃음이 아닌 진짜 웃음이 시작되었다.

웃고 싶지 않을 때 웃지 않을 자유로움을 알게 되었고,

웃고 싶을 때 한껏 크게 웃을 줄 알게 되었다.

"감사하며 하루를 마무리할 수 있기를."

2

　지인들과 100일 동안 글쓰기 챌린지를 함께했다. 곰이 100일간 쑥과 마늘을 먹고 사람이 되었다는데, 이미 사람인 내가 뭔가를 100일간 꾸준히 한다면 어떻게 될까 하는 반 농담 같은 생각으로 덜컥 참여해본 것이다.

　참여 방식은 간단하다. 100일간 하루에 하나씩 챌린지 어플에 글을 써 올린다. 주제나 분량도 자유롭다. 내가 원하는 대로 쓰는 날도 있고, 다른 이가 제시하는 주제로 쓰는 날도 있다. 시나 소설을 필사하는 때도 있어서, 쓰기라는 행동 자체를 다시금 환기해주는 활동이 된다.

　'100일간 거짓말하기', '100일간 감사하기'도 같은 생각으로 시작하게 되었다. 특별한 주제 없이 짬날 때 할 수 있는 글쓰기를 해보고 싶었다. 거짓말 글쓰기 방은 감사

글쓰기 방과 달리 닉네임도 사진도 누구인지 알아볼 수 없게 설정된 상태로 시작한다. 거짓말하다 만나면 쑥스러우니 단체 채팅방도 없다.

처음엔 당연히 거짓말 방에 기록하는 일이 재미있고 쉬울 줄 알았다. 거짓말하고 싶지만 이상한 사람이 되고 싶지 않아 멋진 사람인 척 꾹 참고 살기도 하지 않는가? (나만 그런 걸까?) 평소엔 못했던 거짓말을 하나씩 올려봤다.

'평생 거짓말 한 번 안 하고 살았습니다.'
'거짓말하는 거 참 쉬워요.'
'한 입만 먹어도 배불러요.'
'하루 종일 일 안 하고 쇼핑만 하는 중.'
'먹어도 먹어도 살이 빠져 속상해요.'
'오늘은 이태리나 다녀와야지.'
'야식으로 라면을 먹고 잔 어제의 나를 탓하지 않습니다.'

기가 막힌 거짓말을 한 다음에 속 시원하게 웃으려 했는데, 막상 거짓말이 잘 떠오르지 않았다. 하루, 이틀, 사흘, 일주일, 열흘……! 생각보다 빠르게 소재가 떨어져버렸다.

거짓말을 위한 거짓말을 지어내다 이내 포기에 이르렀다. 그런데 정반대로 감사의 글쓰기는 시간이 지날수록 더 쉽게 느껴졌다.

'아침에 눈을 뜨는 사실에 감사합니다.'
'밝은 햇살이 있어 감사합니다.'
'일을 할 수 있어 감사합니다.'
'맛있는 식사를 할 수 있어 감사합니다.'
'책을 읽을 수 있어 감사합니다.'
'살아 있음에 감사합니다.'
'오늘도 무언가에 감사할 수 있어 감사합니다.'

100일 챌린지 덕분에 좀 더 제대로 된 사람이 되었는지는 모르겠지만 감사를 하는 일이 거짓말보다 쉽다는 놀라운 사실을 알게 되었다. 그 이후로 마음이 힘든 날에는 하루 동안 감사한 일을 찾아 적어본다. 마음을 지키고 싶은 순간에 감사의 이유들을 찾아보기도 한다. 마음이 아파 힘들어하는 주변 사람들에게도 매일 감사한 일을 세 가지씩만 기록해보라고 추천해주었다.

연인과의 관계 때문에 아파하는 친구에게도 권해준 적이 있다. 친구는 사랑하는 사람이 싫어하는 행동을 하지 않기 위해 무조건 맞춰주며 몇 년을 지내다 보니 자신이 사라진 것 같다고 고민하고 있었다. 자신은 사라지고, 상대가 좋아하는 스타일의 여자로 남았다.

처음엔 사랑을 위해 최선을 다한 것이라고 스스로에게 매일 거짓말을 했다. 하지만 사실은 그 역할이 전혀 편안하지 않았다. 지금처럼 그의 눈치를 보고 배려해주는 게 맞는 건지, 어떻게 해야 스스로를 속이는 걸 그만두고 자기 자신으로 돌아갈 수 있을지 모르겠다고 했다.

친구에게 많은 말을 할 수 없었다. 그저 손을 잡고 눈을 바라보며 이야기를 들어주었다. 헤어질 즈음 고심하며 말을 건넸다.

"너 자신에게 거짓말을 하면서까지
만나야 하는 사랑이라면 그게 과연 진짜 사랑일까?
너를 지키는 것만큼 중요한 것은 없어."

친구에게 '너라서 감사한 이유'를 메시지로 써 보내며

④ 내 마음속 모든 감정을 끌어안으며

하루의 소소한 감사를 적어보는 걸로 자신을 찾는 일을 시
작해보라 권했다.

나를 잃어가면서까지, 버리면서까지 관계를 유지해야
한다면 과연 옳은 걸까? 자연스러운 모습까지 좋아해주는
사람은 분명 있다. 친구를 생각하며 미래에 대한 감사 일기
를 대신 써보았다.

"자연스러운 내 모습을 인정하고
좋아해주는 사람이 있어 감사."

언젠가 그녀가 이 문장을 적게 될 날이 오기를 간절히
바란다. 바라는 마음이 커질수록 이루어질 날도 속히 올
테니.

"지난 감정을 흘려보내면 새로운 감정이 차오를 거야."

'사랑', 참 좋은 것이다. 사람을 사랑하는 일, 나를 사랑하는 일, 반려동물을 사랑하는 일, 나의 일을 사랑하는 일, 가족을 사랑하는 일, 머물고 있는 공간을 사랑하는 일, 어떤 음식을 사랑하는 일. 대상이나 사물에 애정을 담는 행위는 자체로 따뜻하고 아름답다. 사랑이 아름다운 만큼, 사랑을 잃은 후의 아픔은 크다.

애정하는 대상을 상실하고 펑펑 울다 그 순간의 감정을 그대로 남기고 싶어 글로 적은 적이 있다. 아픈 마음에 대한 묘사를 해야 하는데, 지금 이 마음만큼 확실한 느낌이 없으니까. 울면서 글을 쓰기 시작했는데 마침표를 찍을 때쯤 돼서 후련한 마음으로 바뀌었다. 울음을 통해, 글을 통해 상실의 아픔을 솔직하고 시원하게 뱉어냈더니 감정을 인정하고 받아들이며 담담해졌다. 놀라웠다. 쓰기는 사랑을 잃고 할 수 있는 일 중 가장 아름다운 애도의 방식이 아닐까 생각한다.

사랑을 잃고 할 수 있는 일이 뭐가 있을까. 헤어진 다음 날, 무얼 하며 시간을 보낼까? 한 철 아름다웠던 사랑이라는 꽃이 졌음을 슬퍼하며 애도하는 일, 질펀한 미련을 표출하는 일, 지난 추억을 부정하는 일, 사랑하는 이와의 시절이 담긴 물건을 버리는 일, 흔적을 더듬는 일, 다시 사랑이 시작되길 기다리는 일, 달리 할 수 있는 일이 없어 메시지를 썼다 지웠다 반복하는 일, '자니?'라고 보내놓고 다음 날 아침 이불킥하는 일, 폭식과 폭주를 반복하는 일…….

시간이 흐릿하게 만들어주길 기다리며 이별의 아픔을 고스란히 견딜 수밖에 없어 무력하다. 정말 좋은 사랑은 시간이 흘러도 마음속에 생생하게 남아 온 생을 살아갈 힘을 주기도 하지만, 힘이 되는 사랑을 한 후에도 이별은 아프다.

사랑을 잃고, 사랑했던 날들에 대해 그리고 지금 느끼는 감정에 대해 쓰기 시작하는 순간, 쌓여 있던 감정을 흘려

보낼 수 있다. 누구에게나 몇 번의 이별을 경험하며 생긴 관록의 이별 매뉴얼이 있을 거다. 하지만 건강하지 못한 방법으로 이별을 그저 '견뎌내기만' 한다면 심각한 후유증에 시달리게 된다.

헤어나는 데 너무 오랜 시간이 걸리기도 하고, 다시는 이런 아픔을 겪고 싶지 않아서 다음 사랑을 주저하기도 한다. 모든 게 무의미하고 부질없게 느껴지고, '그 사람을 만나지 않았다면……' 하며 과거를 부정하기도 한다.

연인과의 이별뿐만 아니라 가족이나 반려동물의 죽음, 친구와의 단절, 기억의 퇴화, 어떤 일의 시작과 끝, 추억의 상실까지…… 인생은 크고 작은 이별의 연속이다. 어쩌면 산다는 것은 각기 다른 모양의 이별을 극복해나가는 과정인지도 모른다.

이별은 분명 아프고 힘든 경험이다. 하지만 이별이 숙명적인 것이고, 그 속성이 고통이라면 최대한 건강하게 극복하는 것이 중요할 것이다. 이별을 잘 극복해냄으로써 분명한 단계 성숙해질 것이다.

세상에 좋은 이별이란 없다지만, 무조건적인 부정이나

회피를 하기보다는 감정을 직시하고 글을 통해 내면을 들여다보며 인정함으로써 치유가 일어난다고 생각한다. 내가 그랬으니까.

감정을 잘 보내주며 남은 생채기가 없어야
다음 사랑을 잘 기다릴 수 있다.
다시 사랑이 찾아왔을 때 의심하지 않고,
망설이지 않고, 두려워하지 않고
사랑 그대로의 사랑으로 바라볼 수 있다.

지난 시간을 부정하지 않고 잘 보내주는 일,
그것이 좋은 이별인 것 같다.
그런 이유로 사랑을 잃고, 이별을 하고, 글을 쓴다.
나를 위해서.

"가끔은 '어쩔 수 없지' 하고 말해봐요."

스스로 감당하기 어려운 일이나 해결할 수 없는 일들이 일어나곤 한다. 안 왔으면 좋겠는데, 나만 피해 갔으면 좋겠는데, 나한테만 오는 것 같은 불행이나 슬픔, 아픔이 있다. 해결할 수 없는 일 앞에서 무력할 때 이렇게 읊조린다.

"어쩔 수 없지, 뭐."

어쩔 수 없는 일이라 말하고 나면 진짜 어쩔 수 없는 일 같아진다. 어쩔 수 없는 일이 일어났으니 일단은 어쩌지 말고 있어본다. 가만히 있노라면 신기하게 정신이 든다. 그러고 나면 방법을 찾거나, 방법이 없으면 시간이라는 약이 생성될 때까지 견뎌본다. 무심하고 무책임한 말 같지만. 오히려 무심해서 더 위로되는 말이 있다. 타인에게 들으면 상처가 되겠지만 자조적인 위로를 건넬 때 조금은 편안해진다.

어쩔 수 없지.

그러니까 일단 좀 펑펑 울고,

그러니까 일단 좀 밥도 먹고,

그러니까 일단 좀 자고 나서 생각해봐야지.

그러고 나면

문제에 대해 그리고 나에 대해

조금 관대한 마음이 생기겠지,

하고 믿으며.

사실은 이 말이 듣고 싶었어

"웃고 싶을 땐 웃고
울고 싶을 땐 울어도 돼."

뒤늦게 대학에 입학하니 평생 하지 않던 공부가 너무 재 있었다. 그렇다고 모든 게 마냥 수월하지는 않았다. 억울 하게도 동기들은 몇 번 읽으면 그냥 외우는 부분을 나는 두 배, 세 배 공부해야 외울 수 있었고, 시험 전날 일에 지 쳐 피곤한 몸으로 밤새워 공부할 때는 눈물이 찔끔 났다. 수업 내용을 알아듣지 못해 당황한 날도 있었다.

하지만 그런 순간들마저 전부 좋아하지 않을 수 없었다. 시험 끝나고 친구들이랑 매운 떡볶이를 먹으러 가고, 학교 이름이 새겨진 노란 노트패드를 사며 수줍게 좋아하는 순 간과 마찬가지로, 그냥 대학생이라는 사실만으로 나는 모 든 순간에 마음을 다했다. '마음을 다해', '진심을 다해'라 는 말에 그 시절만큼 충실했던 적이 없다.

그 중심에는 도서관이 있었다. 도서관 출입구에서 학생증을 찍을 때 나는 경쾌한 '띵' 소리가 내 귀에는 음악처럼 들렸다. 이 많은 책들을 대가 없이 볼 수 있음에 행복했다. 방학이 시작되면 고요해지는 도서관은 더 좋았다. 간단하게 도시락을 싸 가서 원 없이 책을 읽고 글을 썼다. 시간 가는 줄 모르고 있다가 바깥이 어둑어둑해지면 도서관에서 나와 길을 걸었다.

정해진 것 없는 앞날 때문에 끝이 보이지 않는 미로 속에 들어와 있는 것만 같은 기분이 드는 날이 많았다. 하지만 나는 그 미로 속을 기꺼운 마음으로 걸었다. 음악을 들으며 걷고, 걷고, 또 걸으며 언젠가는 꿈꾸던 미래를 살고 있을 거라 기대하고 상상했다. 그리고 다음 날이 되면, 다시 도서관에 가서 책을 읽고, 글을 썼다.

돌아보면 그때만큼 내 감정에 몰입했던 시절이 없다. 진심을 다하지 않은 순간이 없었다. 불안하면 불안한 대로, 기쁘면 기쁜 대로, 춤을 추고 싶으면 춤을 추고, 울고 싶으면 울고, 웃고 싶으면 웃으며 지냈다.

불확실함에 휘둘려 초조함을 떨쳐내지 못하고

지금의 즐거움을 놓치는 이들에게

그 시절 나의 마음을 알려주고 싶다.

매 순간에 진심을 다하며,

내가 나 자신과 얼마나 친해질 수 있었는지.

모든 감정을 충분히 만끽하며

삶 자체에 집중하는 기쁨이 어떤 것인지를.

④ 내 마음속 모든 감정을 끌어안으며

울음을 통해, 글을 통해

상실의 아픔을 솔직하고 시원하게 뱉어냈더니

감정을 인정하고 받아들이며 담담해졌다.

쓰기는 사랑을 잃고 할 수 있는 일 중

가장 아름다운 애도의 방식이 아닐까.

"우리 인생은 모두 한 편의 소설이야."

여행 에세이 원고를 쓰러 동서울터미널을 어슬렁거리며 소재를 모으다 작업이 잘되지 않아 무작정 영화관으로 들어갔다. 때마침 상영 중이던 「작은 아씨들」 포스터에 적힌 글귀에 온 마음이 사로잡혔다.

"우리 인생은 모두가 한 편의 소설이다."

문장 하나에 끌려 홀리듯 표를 사서 영화관으로 들어갔다. 소설을 읽어 이미 내용은 알고 있었지만 영화로 보는 느낌은 또 새로웠다. 나는 서로 다른 꿈과 성격을 가진 네 자매 중 글을 쓰는 둘째 조 마치에게 자연스레 감정이입을 했다.

"제 인생은 스스로 만들 거예요."

정해진 삶이 아닌, 스스로 만들어가는 삶의 고단함을 감수할 만큼 자유는 달콤하다. 자신의 의지로 하고 싶은 일을 하는 기쁨은 그에 따르는 무수하고도 고단한 책임을 기꺼이 감당할 수 있게 해준다.

네 자매의 이야기가 진행되면서 영화에서는 먹고, 마시고, 사랑을 하고, 이별을 하고, 생활을 하는 모습이 계속된다. 영화에서 보여주는 생활의 모습이 있기에 감정이입이 되고 공감이 된다. 생활이 없는 영화도 있지만, 생활이라는 장치를 통해 빠른 시간 내에 우리 마음에 이야기가 들어오게 된다. 글쓰기 강의를 하며 나도 수강생들에게 비슷한 이야기를 한 적이 있다.

**"여러분들 삶이 드라마이고, 영화이고, 소설입니다.
여러분 모두 한 권의 책을 쓰실 수 있어요."**

이렇게 말하면 듣는 이들은 대부분 '에이 설마' 혹은 '제가 어떻게 책을 써요'라는 듯한 시선으로 나를 바라본다. 각자 생김새와 성격이 다른 듯하기도 하고 닮은 듯하기도 한 우리는 모두 다른 일상을 살아가고 있다. 어디서도 읽어보지 못한 나만의 이야기가 가장 흥미 있고 재미있는 글이 된다. 그래서 인생에서 한 번쯤은 나만의 이야기를 글로 적어보는 기회를 만들어보라고 권유한다.

영화에서 조가 말한 대로 우리 인생은 모두가 한 편의 소설이다. 비슷한 소설은 존재할지 몰라도 같은 소설은 존재하지 않는다. 그렇기에 소설 하나하나가 소중하다. 나의 인생도, 당신의 인생도 끝까지 독자의 마음으로 응원하고 싶어지는 것이다.

지금 내가 소설의 어느 페이지 즈음에 있는지는 모르지만,
모르기 때문에 더 다정하게 삶을 대한다.
다른 사람의 소설 역시 존중하는 마음을 품을 수밖에 없다.

우리 앞에 어떤 결말이 기다리고 있는지는 몰라도 오늘의 단락에 충실하다 보면 아름다운 결말을 맞고, 그게 우리 삶의 마지막 장이 되지 않을까? 해피 엔딩이 될지 새드 엔딩이 될지는 모르겠지만 직접 삶이라는 펜으로 소설을 써 나간다고 생각하니, 그 말 한마디를 듣는 것만으로 어쩐지 살아갈 의욕이 생긴다.

사실은 이 말이 듣고 싶었어

이제 작업실로 글을 쓰러 가야겠다. 좋아하는 향수를 뿌리고 소설의 다음 장을 써가야지.

"무엇이 우리를 기다릴지 모르지만, 끝까지 살아요."

당신에게 1분 1초도 아까워하며 삶 자체를 24시간 사랑했던 시절이 있었는가? 다시 돌아가고 싶은 찬란한 어느 시절로 시간 여행을 해 모든 것을 다시 만날 수 있다면, 어떤 기분일까?

영화 「카페 벨 에포크」에서 만화가 빅토르는 시간이 지나 희미하게 빛바랜 듯 힘 빠진 하루를 살고 있다. 신문에 정치인 캐리커처 만화를 그렸지만 신문이 온라인에 주력하며 일을 잃었다. 과거에 작업했던 만화도 그리지 않는다.

잘나가는 아들을 질투하고 급기야 아내 마리안느에게 쫓겨나자 빅토르는 말도 안 되지만 지금의 자신에게 너무나 절실한 선택을 한다. 고객이 돌아가고 싶은 순간을 재연 배우와 세트장을 통해 살게 해주는 백 퍼센트 고객 맞춤형 시간 여행 설계자 앙투안의 초대를 받아들여, 아내를 처음 만났던 카페 벨 에포크로 간 것이다.

빅토르는 완벽하게 재구성된 과거를 다시 경험하며, 잊고 있던 열정을 되찾고 그림을 다시 그린다. 재연 배우 마고가 연기하는 가상의 아내 마리안느와도 다시 사랑에 빠진다. 그러나 시간 여행의 하루 비용은 너무 비쌌고, 과거에 계속 머물고 싶던 그는 그리지 않겠다던 그림을 팔아 돈을 마련한다.

삶이 끝나버린 듯, 아무것도 하지 않고 무기력하던 빅토르의 외모에 생기가 돌고, 자신 없던 그림, 자신 없던 인생에는 활기가 넘친다. 하지만 과거를 연기한 마고와 달리, 현실에서 자신의 삶을 살아가는 마고와는 사랑할 수 없다. 과거 안에서 살고 싶은 빅토르는 절망한다.

아무리 찬란했더라도 과거는 돌아오지 않는다. 돌아보고, 후회하고, 안타까워하면서도 시간은 계속 흐른다. 과거로 갈 수 없다면 미련하게 후회만 하지 말고 남은 삶을 찬란하고 새로운 화양연화로 만든다면 어떨까? 영화에서도 빅토르는 아내를 연기한 마고가 아닌 진짜 마리안느를 시간 여

④ 내 마음속 모든 감정을 끌어안으며

행의 장소로 초대해 재회한다. 「카페 벨 에포크」에서 시간
여행으로 초대한 앙투안은 어린 시절 빅토르 덕분에 용기를
내어 살 수 있었던 고마움을 고백하며 이렇게 말한다.

"무엇이 우리를 기다릴진 모르지만 끝까지 사는 거예요."

아마도 내일 돌아보면 돌아가고 싶은 찬란한 순간이

바로 오늘일 테니,

앙투안의 말처럼 무엇이 기다릴진 모르지만

우리는 끝까지 살아내자.

어제는 추억으로 남겨두고

내일은 미지의 날들로 자유로이 남겨두고

어제도 내일도 아닌 오늘을 살자.

사실은 이 말이 듣고 싶었어

"행복하지 않은 날도 나의 멋진 하루."

2

'행복해야 해', '기쁘게 살아야 해'라는 지나친 긍정 강박에 때론 지친다. 나 지금 너무 우울한데, 하나도 행복하지 않고 힘들기만 한데, 다른 사람들은 죄다 행복한 것만 같고, 저마다 자기 행복을 척척 찾아가는 것 같아 소외되는 기분이다. 행복하지 않은데 나도 행복한 척해야 한다는 사실 때문에 더 괴롭다.

매 초, 매 분, 매 순간 행복하지는 않다. 아침에 눈을 떠 잠자리에 들 때까지 뱃속에서부터 '아, 행복해' 하고 우러나오는 감동을 느끼는 순간이 얼마나 될지 열 손가락으로 세어본다. 1분도 안 되어 양손이 모자랄 정도로 셀 수도 있고, 한참을 곰곰이 생각해보다 '잠자리에 드는 지금 이 순간'을 꼽으며 만족할 수도 있다. 사람이 저마다의 생김

새와 감정이 다르듯 당연히 행복을 느끼는 순간도, 강도도 다르다. 어쩌면 행복의 모양까지도 다를 것이다.

매 순간 행복해야 한다는 강박에서 벗어나면 행복을 제외한 모든 감정들의 아름다움을 알게 된다. 우울, 불행, 슬픔, 지루함, 짜증, 분노, 아픔, 기쁨, 평범한 감정들 모두 우리에게 소중하다.

지금 당장 행복하지 않다고 해서 불행한 건 아니다. 지금 당장 불행하다 해서 평생 행복하지 않은 것도 아니다. 행복해야 한다는 강박에서 한 발자국 물러나면 오히려 더 편안해진다. 남들의 기대치에 부응해야 한다는 의무감에서도, 완벽한 모습으로 살아야 한다는 압박에서도 조금은 편안해질 수 있다.

행복하지 않아도 괜찮아, 완벽하지 않아도 괜찮아.

그런 날들도 소중한 내 일상의 일부분이야.

이렇게 나를 다독이며 생의 모든 순간을 인정하고

받아들이는 연습을 한다.

어쩌면 이것이 무언가를 기록하는 일보다

훨씬 더 중요한 행위일지도 모른다.

"오늘 내 마음에
꽃 한 송이가 피어날 거야."

2020년은 유난히 버거운 날들의 연속이었다. 한 번도 경험해보지 못한 바이러스가 온 세계를 뒤덮었다. 마스크를 쓰고, 손을 씻고, 외부 활동을 하지 않으며 이 상황이 종식되길 기다리는 것밖에 할 수 있는 일이 없었다.

직접 해결할 수 있는 문제라면 이토록 무력하지는 않을 텐데 아무리 혼자 조심한다 해도 바이러스는 소리 없이 퍼지고 있었고 감염자가 내가 되지 않으리라는 법이 없으니 공포와 두려움이 생활을 잠식했다.

마스크를 벗고 산책하던 날들, 아이들이 놀이터에서 즐겁게 뛰어놀던 날들, 만나고 싶은 이들 여럿이 모여 이야기꽃을 피우던 날들, 커피 향을 음미하며 카페에서 작업하던 날들, 가고 싶은 여행지를 선택해서 떠날 수 있던 날들이 너무 오래된 것처럼 아득하다.

언제까지 기다려야 할지, 기다려도 해결되기는 하는 건지 알 수 없는 일이 있다는 걸 몸소 깨닫게 되었다. 좋아하던 식당과 카페가 문을 닫았고 늘 다니던 길목의 가게들이 사라지는 걸 보고 있다.

코로나가 시작되고 나서 처음 몇 달은 오래 걸리지 않을 거라는 모종의 희망이 있었는데 사태가 길어질수록 두려움은 커져갔다. 불안감에 음식을 쟁여두고, 폭식을 하기 시작했다. 머리카락이 술술 빠져 머리 감기가 겁이 났다.

해야 할 일은 많은데 의욕이 나지 않아 미루어 뒀고 무기력감이 온몸을 휘감아 우울해지고 비관하기 시작했다. 마음이라는 게 참 그렇다. 이상하게 모양도 형체도 없는데 힘이 세고 고집도 있다. 이러지 말자 하고 생각은 하지만 마음은 요지부동이고, 부정적인 감정이 마음을 잠식하니 몸까지 아파왔다.

버티는 날들을 지내다 우연히 거울에 비춘 사람을 보니 난생처음 보는 이가 서 있었다. 푸석하고 거친 저 얼굴은 누구의 것인가. 형체 없는 바이러스에 잠식되었단 원망만 하느라 내 마음을 돌보지 못한, 나란 사람 아닌가.

사실은 이 말이 듣고 싶었어

머리를 빗어 넘기며 '이러지 말자'고 다짐했다. 그 누구보다 보살펴야 할 사람은 나인데, 이렇게 방치할 순 없다. 한 움큼의 희망을 찾고, 기쁨을 찾아야 기다리는 동안의 지루함도 견뎌낼 수 있을 거다.

보이지 않는 두려움에 잠식되어 소중한 내 인생을 흘려보내고 있었다. 두려워해야 할 건 두려움 그 자체였다. 아프게 한 내 마음에 사과했다.

생의 시작은 알 수 있어도 끝은 알 수 없는 게 우리다. 끝을 알 수 없으니, 앞으로 만들어갈 일이 많다는 뜻이다. 참 좋은 일이다. 영화의 끝을 알고 보지 않듯, 모든 책의 결말을 미리 알고 읽지 않듯, 기다리고 만들어가는 동안의 즐거움을 누리는 기쁨은 나의 선택으로 가능해진다.

언젠가는 끝날 것이다, 이 두려움이.
그러니 두려움 그 자체에서 벗어나기로 선택한다.
내가 좋은 사람이 되어 스스로를 살뜰하게 보살펴주고
비관과 불안이라는 감정을 몰아낸다면
한 번뿐인 소중한 인생을 허비하지 않게 될 것이다.

④ 내 마음속 모든 감정을 끌어안으며

어떤 상황이 되어야 마음이 편안해질 거라고 생각하지 않고 스스로 편안한 마음의 상태를 만들어가기로 했다. 예쁘게 핀 꽃밭의 꽃들도 누가 가꾸느냐에 따라 풍성하고 아름다운 꽃밭이 되기도 하고 황망하게 마르고 시들어버리기도 하니까.

두려움에 잠식되지 않는 일은 그 두려움에서 빠져나오기로 선택하는 것이다. 바꾸거나 해결할 수는 없는 상황도 있지만 감정에서 자유로워지기로 선택할 수도 있다. 오늘, 지금, 이 순간은 스스로 선택할 수 있고 바꿀 수 있다.

매일 아침 눈을 뜨며 하는 생각들, 자기 전에 하는 생각의 줄기부터 살펴본다. 글을 쓰는 일이 힘들다면 책의 글귀를 따라 써본다. 아름다운 마음 꽃을 피우기 위해 슬픈 생각이 몰려오면 좋아하는 책의 구절을 따라 쓰며 서서히 슬픈 감정을 밀어내고 편안한 감정을 받아들인다.

천천히 글을 따라 쓰고 손으로 쓴 글자들을 또박또박 소리 내어 읽어본다. 나지막이 살아갈 힘을 주는 글을 읽으며 귀로 다시 한 번 글귀를 듣는다. 이번엔 눈을 감고 방금 읽은 글귀를 상상한다.

사실은 이 말이 듣고 싶었어

몸은 작은 책상 앞에 있지만

마음은 푸른 숲길 한가운데에서 햇살을 받고 있다.

이제 됐다. 오늘의 살아갈 힘을 얻었다.

푸른 숲길의 햇살을 머금고 하루를 시작하고, 잠이 든다.

어느새 빠졌던 머리카락이 자라기 시작한다.

꽃이 피기 시작하는구나, 마음에도 몸에도.

④ 내 마음속 모든 감정을 끌어안으며

행복해야 한다는 강박에서 벗어나면

행복을 제외한 모든 감정들의

아름다움을 알게 된다.

우울, 불행, 슬픔, 지루함, 짜증, 분노, 아픔, 기쁨,

평범한 감정들 모두 우리에게 소중하다.

두려움에 잠식되지 않는 일은
그 두려움에서 빠져나오기로
선택하는 것이다.

바꾸거나 해결할 수 없는
상황도 있지만
감정에서 자유로워지기로
선택할 수 있다.

에필로그

우리의 감정을 연결해주는
소중한 말들을 선물합니다.

반복되는 날은 단 하루도 없다. 매일 똑같은 일상 같지만, 세밀히 들여다보면 그날의 생각, 감정, 온도까지 다르다. 글 쓰는 일을 하며 살아온 지 13년이 되었다. 아무것도 모르고 무작정 쓰던 시절까지 포함하면 대략 25년째다. 아무래도 에세이를 여러 권 출간하다 보니 세밀하게 일상을 들여다보고 관찰하는 일이 편안해졌다.

아침에 눈을 뜨며 느끼는 첫 감정, 빛의 밝기, 온도, 먹는 음식, 옷을 고르며 드는 생각, 길을 나서며 바라보는 광경에 대한 감상, 그날 만난 사람과의 이야기, 공간, 나무, 꽃, 햇살, 바람, 향기, 스친 생각 등 많은 일상의 상념을 메모로 글로 사진으로 기록해둔다. 읽었던 책과 보았던 영화나 드라마, 들었던 음악은 물론이고, 길에서 만난 다양한 사람들의 삶도 음악으로, 이야기로 다가온다.

글을 쓸 때의 나는 어느 때보다 규칙적이고 성실하고 단정하다. 그날의 기분이 그날의 글 분위기를 좌우하기 때문에 아침에 눈을 뜬 순간부터의 나를 다정하게 보살펴준다. 미지근한 물 한 잔을 마시며 시작하는 하루의 루틴, 나를 위해 준비하는 식사, 우울하고 슬픈 날 스스로를 위로하기 위한 방법을 찾아가는 일, 기쁨을 흘려보내지 않고 충만히 느끼는 일까지……. 지루함과 고단함도 글을 쓰기 위해 느껴야 하는 감정이라 생각하면 그런대로 견딜 만해진다.

쓴다는 것은 내면의 나를 들여다본다는 것이고, 쓴다는 것은 감정을 세밀히 살피는 일이다. 쓴다는 것은 그래서 마음과 나를 연결하는 일이다.

사랑하는 이에게 보내는 메시지에 담는 정성과 울리는 전화기에 뜬 사랑하는 이의 이름에 행복해지는 마음으로 내가 나에게 할 수 있는 건 일상을 살펴주고 기록해 마음을 보살펴주는 일이 아닐까.

"행복해지는 진짜 비결을 알아냈어요.

바로 현재를 사는 거예요.

과거에 얽매여 평생을 후회하며 살거나

에필로그

미래에 기대는 것이 아니라

지금 이 순간 최대의 행복을 찾아내는 거죠!"

빨간 머리 앤이 알아낸 행복해지는 비결은 현재를 살며 순간의 행복을 최대치로 찾아내는 것이다. 우리도, 그리 할 수 있다. 연애를 하던 날들을 떠올려보자. 상대방의 눈빛, 표정 하나에 노심초사하며 그 마음을 읽으려 애쓰던 순간을, 나 자신의 마음을 헤아리는 데 적용해보는 것이다.

그리하여 나와의 연애를 지속하기 위해, 자신의 감정을 보살피는 데 소홀해지지 않기 위해, 권태에 빠지더라도 영영 이별하지 않기 위해, 몇 번이고 사랑한다고 말하기 위해 내 마음을 돌보고 기록하며 현재를 살아가자. 종이에 적힌 활자는 눈동자가 되어 다시 나를 비춘다.

지나가 버린 과거를 살펴보는 일도,

오지 않은 미래를 꿈꾸는 일도 중요하지만

두 가지에 치우쳐 현재 눈앞의 기쁨을 놓칠 수는 없다.

그래서 오늘도 나는 글을 쓴다.

나를 더 사랑하기 위해,

감정과 나를 연결하는 시간을 놓치지 않는다.

그 과정에서 내 마음속에 꽃처럼 피어난 문장들을 응원의 마음을 담아 당신에게 선물하고 싶었다. 그리고 조금 욕심을 내어 이렇게 바라본다. 종이 위로 전하는 글이 당신의 입술에, 마음에 닿아 소리를 내고 두 팔과 두 다리에 기운을 불어넣어 주기를.

비록 마스크를 끼더라도, 따뜻한 봄날 단단한 땅을 내딛는 기쁨을 느낄 수 있도록 도와주기를.

KI 신서 9635

사실은 이 말이 듣고 싶었어

1판 1쇄 발행 2021년 4월 16일
1판 3쇄 발행 2024년 10월 23일

지은이 윤정은
펴낸이 김영곤
펴낸곳 (주)북이십일 21세기북스

인문기획팀 양으녕 이지연 서진교 노재은 김주현
출판마케팅팀 한충희 남정한 나은경 최명열 한경화
영업팀 변유경 김영남 강경남 황성진 김도연 권채영 전연우 최유성
디자인 vergum

출판등록 2000년 5월 6일 제406-2003-061호
주소 (10881) 경기도 파주시 회동길 201(문발동)
대표전화 031-955-2100 **팩스** 031-955-2151 **이메일** book21@book21.co.kr

(주)북이십일 경계를 허무는 콘텐츠 리더

21세기북스 채널에서 도서 정보와 다양한 영상자료, 이벤트를 만나세요!
페이스북 facebook.com/jiinpill21 **포스트** post.naver.com/21c_editors
인스타그램 instagram.com/jiinpill21 **홈페이지** www.book21.com
유튜브 youtube.com/book21pub

당신의 일상을 빛내줄 탐나는 탐구 생활 〈탐탐〉
21세기북스 채널에서 취미생활자들을 위한 유익한 정보를 만나보세요!

ISBN 978-89-509-9478-5 03810